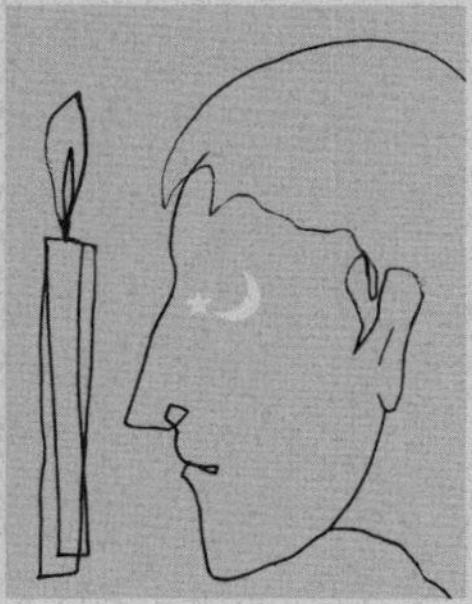

夜の舞・解毒草

U yóok'otilo'ob áak'ab | Danzas de la noche
U yóol xkaambal jaw xíiw | Contrayerba

イサアク・エサウ・カリージョ・カン
Isaac Esau Carrillo Can
アナ・パトリシア・マルティネス・フチン
Ana Patricia Martínez Huchim
吉田栄人 訳

国書刊行会

夜の舞・解毒草

目次

夜の舞

解毒草

夜の舞

イサアク・エサウ・カリージョ・カン

夜の舞　主な登場人物

フロール
主人公。夜の女とともに旅をする。家族からは「シュ・ワーチ」（よそ者）とも呼ばれる。

小夜（シュ・アーカブ）
フロールを旅へと連れ出した、暗がりや夢の中にだけ現れる謎の女。

ドニャ・マキン
村の産婆。

お父さん
フロールの育ての父。

お母さん
フロールの育ての母。

おばあさん
お母さんの母。

舞踏家たちの頭目
フロールの実の父。再会したフロールに舞を教える。

夜の囁き

夜の闇が忍び込み、すでに私たちを包み込んでいる。コウモリは静寂に耳を澄まし、私が夢を見始めるのを今や遅しと待ち構えている。そして、夢の一部がヒラヒラと宙に舞い上がったところを捕まえようとする。だが、私が歌を口ずさむとコウモリは動けなくなる。ハンモックを揺らしながら歌うその歌は、私が泣きたくなる気持ちを紛らわすためのもの。だって、私の空が赤くなることはもう二度とないのだから。

「泣くのはおよし、ほら、泣かないで。歌いなさい」屋根から突き出た椰子の葉を揺らすそよ風が私に話しかける。

私は目をこすりながら、歌い続ける。歌っていれば、私の言葉は少しずつ粉々になって消えていく。でなければ、強い風が吹いて来て、私の声を吹き飛ばしてしまう。

「踊りなさい。ほら、踊るのよ。踊りなさい。ほら、踊りなさい。楽しむの。踊りなさい。ほら、踊りなさい。楽しむの」昔私が覚えた歌はそう言う。私がまだ幼かった頃、子どもたちが代わる代わる新しい歌を口ずさんで私を寝かしつけてくれた。私が歌を覚えてしまわないよう、歌詞は次から次へと変わっていった。

「眠れ、眠れ。いい子は眠れ、眠れ」

歌詞を変えられても、私には同じだった。最初に覚えた歌はいつも私の頭の中にあった。同じ言葉が頭の中で飛び跳ね、体中を跳ねて回った。

いろんな鳥たちが一斉に囀《さえず》り出すのは、ある女がやって来るからだ。彼女は毎日この世界にやって来るのに、誰も自分の家の中に招き入れようとはしない。みんなが灯りをつけるので、彼女は外で佇んでいる。木の枝の奥の方で鳥が囀るのが聞こえたら、彼女はすぐ近くまで来ている。

この女は人間への贈り物をたくさん携えてやって来る。だが、物音をほとんど立てないので、誰も彼女に気がつかない。私たちを少しずつ覆っていく。どこからやって来るのか誰にもわからない。足音は少しも聞こえない。みんなが彼女の存在に気がつくのは、村が完全に覆われてしまってからだ。

小夜《シュ・アーカブ》は長い髪をした女。彼女がやって来ると、森の鳥たちが一斉に囀り出す。その瞬間、人間の魂は体から抜け出して、体が追いつけないような速さで辺りを駆け回る。

小夜が生まれたのは、人間におしゃべりの時間を与え、人間をハンモックへと誘い、昼間には思いも寄らないことを起こしてみせるため。

小夜が留《とど》まっている夜明けまでの間、雛を抱く鶏のように、家が人間を包み込み、力を回復させる。

　私がまだ幼かった頃のことだ。私はある歌を何度も何度も頭の中で繰り返していた。空想を膨らませていると、うっかり床に落としてしまい、ヒーカラ〔フクベノキの実を半分に割った器〕が床に落ちた時と同じように粉々に砕けてしまった。私はしばらく我を忘れていたが、変な音を聞いて我に返った。家の梁《はり》が軋んでいるようだった。

「何かしら？」私は心の中で考えた。兄たちの方に目をやったが、みんな寝ている。その時、お母さんの口から漏れる小さな呻き声が聞こえた。私は何があったのだろうと思いながら、ハンモックの網目を広げ、暗闇の中で動くものをじっと見つめた。お母さんが家の片隅のハンモックに横たわっていた。その上にはお父さんがいる。お父さんは床に足をつけて動いているので、その動きに合わせてハンモックが揺れている。

　何が起こっているのか確かめるために、私が立ち上がろうとした瞬間、動きが止まり、お父さんはそそくさとハンモックを離れた。

私が目撃したものが何だったのか理解できるまで、私はずいぶんと長い時間を要した。それを完全に理解できたのは数年も経ってからのことだった。同じものを見ていても、子どもの頃と大人になってからとでは見え方はずいぶんと違うものだ。

夜が明けても、私は前の晩に目にしたことが気になっていた。何をしていたのかお母さんに聞いてみたい誘惑に駆られた。でも、私のような歳の子は、そんなことを聞いてはいけないのではないかという、なにか恐怖心めいたものがあった。

それを実際に訊いたのは、私がトウモロコシの粉碾《ひ》きをやらされる歳になってからのことだった。私はすでにトルティージャが作れるようになっていた。だから、私はその仕事を任された。ただ、私の体の中では踊りたいという気持ちがふつふつと沸き上がっていた。

その頃、私は二人のお兄さんと三人の弟たちの世話も任されていた。お母さんのお腹には次の子がいたので、家事の一切合財を私に押し付けたのだ。だけど、私にとってそれは造作ないことだった。私はああいった仕事は意外とそつなくこなしてしまえる。

ある日、お母さんの大きくなったお腹を見ながら、私は訊ねた。

「お母さん、人が女の人のお腹の中で大きくなるって一体どういうことなの?」

私の言葉を聞いたお母さんはしばらくの間黙っていたが、こんなふうに答えた。

「フロール、お前にもいつの日か誰かがやって来るんだよ。その日が来たら、空は三、四日赤く染まるんだ。命の贈り物を受け取れるよう、布をきちんと洗わなきゃならなくなるんだ。物事が分かるようになったら、それが子どもを持てるようになった徴《しるし》だってことが分かるよ。だけど、覚えておきなさい。何事にもふさわしい時間というものがある。バナナは熟れると、自然に落ちるだろ」

私には偉大な女性に見えたお母さんの言葉はいつも正しかった。お母さんの言葉がきちんと理解できたわけではなかったが、私は言われた通り、物事が理解できるようになるのを待った。実際のところ、お母さんが言ったことを私は理解していなかった。私はバナナの木の側を通る時は、バナナの木を見上げながら、よくこんなことを言っていた。

「あのバナナはもうほとんど熟れてるから、私にもじきにその時が来るんだわ」

今にして思えば、可笑《おか》しくなるわ。だって、バナナと女の生理に一体何の関係があるというの。

一番下の弟が生まれたとき、私は子どもを持つってそんなに簡単じゃないことを知った。子どもって鼻から何かを取り出すほど簡単に生まれるものじゃないんですもの。あの日、お父さんとお兄さんたちはあるお金持ちの人のところの仕事で出かけていた。一旦仕事に行くと、そんな簡単には戻って来られない。ちょうど雨期だったので、道はドロドロになって滑りやすい上、距離もかなりあったので、その日のうちに戻ってくることはできなかった。

トウモロコシを碾《ひ》いていたとき、お母さんが大きな声で私を呼んだ。

「フロール、おばあさんの家に行って、来てくれるように伝えておくれ。お前の弟が生まれそうなんだ」

私はすぐに立ち上がって、伝言を伝えに行った。おばあさんというのは母方のおばあさんだ。父方のおばあさんはとっくの昔に亡くなっていた。

おばあさんの家の隣にはドニャ・マキンという一人の老婆が住んでいた。村で生まれる子どもは全員がこの老婆の手で取り上げられる。彼女によると、私だけは彼女の手を介さずに生まれたのだそうだ。だから、彼女は私をシュ・ワーチと呼んでいた。ワーチとは同じ村の生まれではない人に対して使われる言葉だ。彼女が何がしかのあだ名を付けるとき、そこにはいつも何か特別な理由があった。いずれそのうち、夜に交わされるひそひそ話から、私はその理由を知ることになる。

私がお母さんの伝言を伝えに大慌てでおばあさんのところに行くと、おばあさんはすぐにドニャ・マキンに知らせた。私たちは急いで家に戻った。お母さんは汗びっしょりで、私が今までに見たこともないような顔をして横になっていた。

するとドニャ・マキンが私に言った。

「お湯を沸かすんだ。それから、この日のために買ってある布を持ってきておくれ」

私は出産に必要と思われるものを全部揃えて持って行った。

間もなく赤ん坊の泣き声が聞こえた。新しく生まれた私の弟だ。どうせ私が面倒を見ることになるのは分かっていたけど、私はとても嬉しかった。私は密かに女の子を期待していた。だって、そのうち私の仕事を手伝ってもらえるはずだから。だけど、男の子だったとしても、別に問題はない。可愛いという点では同じだから。女の子は母親のお腹の中にいるときはじっとして動かない、ってドニャ・マキンは言ってた。それに母親のお尻が大きくなるんだそうだ。私はお母さんの体が実際にどんな具合に変わっていくか確かめようと思ってたんだけど、時間が経ってしまうと、結局違いが分からなくなってしまった。

お母さんが出産している間、私は家の外に出て待っていた。女の子は出産の様子を目にしてはいけないんだ。私が目にするのはただ、おばあさんが何回も家の中から出たり入ったりする様子だけだった。そして、ついにおばあさんが手の汚れを拭きながら出てきて言った。

「終わったよ。男の子だ」

その知らせを聞いて、私は泣きたくなった。だって、仕事の量が増えるんだもの。だけど、半分は新しい弟ができたことへの喜びでもあった。私は一刻も早く弟の顔が見たかった。だけど、すぐには家の中に入れない。だって、生まれたばかりの赤ん坊はまだ外の風に慣れていないから、風に当たったら、すぐに病気になってしまう。

その晩、私はあの女《ひと》の目にはどう映っているのか知りたかった。弟のことで、彼女はきっと私に何か教えてくれそうな気がした。と言うのも、その頃私たちは毎晩お話をするようになっていた。

みんながハンモックに入る時間がやって来る頃には、お父さんとお兄さんたちもすでに家に戻っていた。私たちは母屋には入れないので、みんな、台所のある小屋で寝るしかなかった。その小屋の天井からは、誰かが寝返りを打つたびに、煤まじりの埃が降ってきた。

人は眠ることで一時の安らぎを得る。夢の世界に少しずつ滑り込んでいくのだ。それは別の暮らし、別の場所へ滑って行くようなものだ。実際、夢は私にたくさんのことを教えてくれた。

「フロール」ハンモックを揺すって、私の名を呼ぶ誰かの声が聞こえた。

「どうしたの?」私は起き上がりながら応えた。「一緒にいらっしゃい」私のハンモックの脇にいるあの女《ひと》が言った。

あの女《ひと》が私に優しそうな声をかけるので、私は立ち上がり、彼女に従った。彼女は私の手を取り、家の前の庭の方に私を連れて行った。

「この人は私をどこに連れて行くのかしら?」私は心の中でそうつぶやいた。だけど、自分は夢を見ているのだと思っていたので、彼女のなすがままに任せた。庭に出ると、熟した実が今にも落ちそうになっているバナナの木の傍で私に向かって言った。

「フロール、あなたに知らせることになっていたのは私だったのよ。空が赤く染まってても、怖がらなくていいのよ。ちゃんと洗った新しい布は用意してあるでしょ？　あなたにあげる物があるの」

「それって、手で受け取れないの？」私は彼女に訊いた。

「ええ、それは手渡しできるものじゃないの。きれいに洗った新しい布で受け取らないといけないものなの」

　夢の中で私が話をする女はレボソ〔ショール〕を被っていたので、その顔は見えなかった。

「ねえ、あなたは誰なの？」私は訊いた。

「私は小夜よ。小夜が私の名前」そう答えてから、さらに付け加えた。

「ある神様の声が響いた。神様は一羽の鳥に卵を二つ生むようにお命じになった。その卵から世界を照らす光が生まれるの。一つ目の卵は真っ白だった。神様はそれを手に取り、息を強く吹きかけた。二つ目の卵には黒い墨のような染みがいっぱい付いていた。神様はそんなことは気にかけられなかった。二つの卵を手に取ると、神様はそれをお割りになった。一つ目の卵からは黄色く丸いものが出てきた。神様はそれを空にぶら下げられると、男をお造りになった。すると世界に夜が明けた。

もう一つの卵からは黒い液体が出てきた。中に入っていた丸いものは白っぽい色をしていた。すると神様は鹿を呼び寄せ、その丸いものの上に蹄を乗せるようにお命じになった。すると、それは女になった。それが私。私はそうやって生まれたの。私たちは助け合うために作られた。だけど、ほとんどの人間は昼間あくせく仕事をする。明るくて、ものがはっきりと見えるからよ。だけど、夜にだっていろんなことが起こる。夜になると、昼間には理解できないようなことがいろいろと聞こえて来るでしょ」

小夜が話してくれることはとても面白かったので、私はもっと知りたいと思った。

「ねえ、もっと教えて。意地悪しないで」私がそう言うと、彼女は黙って聞いていたが、すぐにこう言った。

「何事にもふさわしい時間というものがあるのよ。あなたにも全てが分かる時がいずれやって来るわ。だけど、少しずつなのよ。日が暮れて私が近くにいることに気づいたら、自分の心を開いて待つように、としか今は言えないわ。木に止まった鳥の囀《さえず》りがその合図よ。蟬やコオロギが鳴くときもそうよ。心を開いて、夜の声に耳を傾けなさい。それは夜の間しか聞こえないものだから」

　そう言われた時、全ては夢の中だったので、自分がどこにいるのかは全く分からなかった。夢の中では場所はどんどん変わっていくものでしょ。

「そろそろお別れする時間ね。フロール、あなた、贈り物を受け取る準備はできていなかったみたいだから、ウィピル〔綿の白い貫頭衣〕を広げなさい。

そこに入れてあげるから」女はそう言うと、とてもいい匂いのする、一摑みの赤い花びらを私にくれた。私はそれを受け取るものがなかったので、着ていた服を広げ、受け取った。

「さようなら。私はもう行くわね」そう言って、女は姿を消した。ばさばさという音で私は目を覚ました。

目が覚めた時、私は体に違和感を覚えた。体をあちこち触ってみると、ウィピルの前の方が濡れていた。私はうつ伏せで寝ていたのだ。ロウソクを点してみると、私が受け取った花びらの印がそこにあった。私がその花びらの模様に気を奪われていたちょうどその時、母屋の屋根で一羽の鳥が鳴くのが聞こえた。すると、お母さんが言った。

「あなた、ヒーカラをひっくり返して。不吉な鳥がいつやって来るか知れたものじゃないわ」

不吉な鳥は幼い子の魂を狙う。あいつらは幼子の匂いが分かる。だけど、一番愛するものを守ろうとする人間の叫び声を聞けば必ず逃げてしまう。

旅立ち

人の名は、人が生きている時、その魂に話しかけるための一つの手段だ。だから、魂が人の体から離れてしまったら、その魂に話しかけるためには新しい名前が必要になる。

「ワーチ《よそ者》！」みんなは私をそう呼んでいた。

名前は魂に呼びかけるための方法かもしれないけど、あだ名というのは恥ずかしさや、時には恐怖さえ引き起こすことがある。以前、私は自分のあだ名を気にしていなかった。だけど、それは多分、そのあだ名が付けられた理由を知らなかったからだ。

人間の心というのは生まれたばかりの子どものようなものだ。生まれてからすぐは何も知らない。だから、善良で、優しい。だけど、成長して目が開くようになると、世界がどんなものか分かるようになる。大方、目に見える世界はそれ以前に考えていたものとは違っている。目が開くようになって初めて、生きることを知るのだ。

ある晩、私は豆の収穫でとても疲れていたせいもあって、早めに寝た。だから、次の日私は夜が明ける前に目が覚めてしまった。用を足したくなった私は起き上がり、裏庭に出ようとした。すると、両親の話し声が耳に入った。

「買い物には誰を連れて行くんだ?」父が訊ねた。

「フロールにしようかしら」母が答えた。

「みんなに靴を買ってやれ。できれば、服も一揃い買ってやるといい」

私はとても嬉しくなった。なにしろ、村以外の大きな町に連れて行ってもらうのはこれが初めてのことだ。

「俺はちょっと出かけて来る。パトロンの家畜に餌をやりに行かないといけないからな。ついでに、馬を一頭貸してもらえるよう頼んでみるよ。そしたら、町に出る幹線道路のところまでお前たちを乗せてってやれる。あそこまで行けば、町に向かう車を拾えるだろう。だけど、フロールだけを連れて行くのはどうかな。女の子だぞ。男の子を誰か連れて行けよ」

「だめよ、そんなことをしたら、喧嘩になるわ。面倒だわ。それに引き換え、フロールだったら、誰も文句は言わないでしょ」

「好きにすればいい。お前が決めることだ。連れたい奴を連れて行け」

「そうね、一番言うことを聞いてくれる子にするわ」と母は答えた。

話を聞いていたので、その日私は努めてお母さんの言うとおりにした。命じられたことは全部やった。お母さんが何も言わなくても、自分からやろうとした。私はとても働き者だと思ってもらおうとしたのだ。

もうすぐ正午になろうかという時間になって、お母さんが突然私に言った。

「フロール、体を洗ってらっしゃい。それから外出用の服を着なさい。お祭りの時に着るやつがあるでしょ」

「お母さん、お祭り用の服はもう着られないの。短くなっちゃったから」

「構わないから、それを着なさい。ペチコートを貸してあげるから、それを穿けば大丈夫よ。お前も大きくなったんだね。村に着いたら、布を買いましょうね。それであなたの好きなウィピルを作ればいいわ」

私は、お母さんが弟をハンモックに寝かしつけている間に、大急ぎで浴室に入った。村に買い物に行ける嬉しさのあまり、私はそそくさと体を洗い着替えてしまった。その後、子どもを寝かし終わったお母さんが浴室に入った。

外出の準備は着実に進んでいた。お母さんはもう鶏に餌をあげたし、家畜にしておかねばならないことはやってしまった。お母さんは何も言ってないけど、お母さんがそういうことをするのはいつもどこかに出かける時なのだ。

浴室に入る前にお母さんが私に言った。

「おばあさんのところに行って、子どもたちの面倒を見に来てくれるように言って来ておくれ。お父さんが仕事から戻ったら、出かけるからね。お前も一緒に行くんだから、途中でトイレに行かなくていいように、先に行っておきなさい」

お母さんに付いて行くのが自分だということが分かった私は、急いでおばあさんを呼びに行った。ところが、私がおばあさんの家に行っている間に、弟が寝ていたハンモックのロープが外れた。床に落ちた弟は大きな叫び声をあげた。

赤ん坊に何かあったのかと思ったお母さんは、浴室から飛び出した。赤ん坊は息をするのも苦しそうにしていたので、お母さんは鼻から息を吹き込んでやったという。それでも、赤ん坊がちゃんと息をするまでにはずいぶんと時間がかかったらしい。

私が家に戻った時、入口のところには馬が繋がれていた。それを目にした私の胸は嬉しさではちきれそうだった。だけど、母屋に入ると、それも段々と消えていった。お母さんたちが弟を生き返らせようと必死になっていたのだ。

お父さんは、私が部屋に入って来るのを見るなり、私の腕を摑んで怒鳴るように言った。

「この馬鹿たれが、どこに行ってたんだ？　お前がちゃんと見ておけば、お前の弟がこんなことにはならなかったんだ」お父さんは動揺と絶望が入り交じった、今にも泣き出しそうな顔をしていた。

「おばあさんを呼びに行ってたの。それに、私、やることがたくさんあるのに、どうやって弟を見ておけばいいの？」私は反論した。

お父さんは私の返事でさらに怒りをたぎらせた。

「何だと？　このワーチが」激昂したお父さんは私の腕を掴んでそう叫んだ。傍らではお母さんが泣きながら、赤ん坊を生き返らせようと必死になっていた。

お父さんは私の腕を強く掴んだまま、私を庭へ連れ出した。そして、もう一方の手で何か私を叩くものを探していたが、かずらが手に当たったらしく、それを取り上げると、それで私を嫌というほど叩きつけた。

「いいか、ワーチ、覚えておけ。あの子が死んだりしたら、お前のせいだからな。あの子が死んだら、お前を殺してやる」

お父さんはそう言い終わると、私をさらに叩きだした。倒れ込んだら、叩くのを止めてくれるかと思い、私は地面に身を投げた。おかげで着ていた外出用の服は泥だらけになってしまった。

私の悲鳴を聞きつけたお母さんが家の中から飛び出してきて、私をかばってくれた。

「叩かないで。叩かないでやって」

お母さんはお父さんが持っていたかずらの鞭を取り上げようとした。だけど、お父さんはそれを制して私を叩き続けた。

ちょうどその時、おばあさんがやって来た。私を叩いているお父さんを見るなり言った。

「もう、およし」怒った様子のおばあさんは言った。「殺すつもりかい？そんなことをして一体何になるんだい？　いっぺんに二人も亡くしていいのかい？　もう、止《や》めな。赤ん坊は意識を取り戻してるじゃないか」

そんなこともあって、結局私たちは町へ買い物に行けなくなった。実際、あのとき私は、ひどく叩かれたせいで、背中が腫れ上がり、うつ伏せで寝るしかないような状態だった。あの日、私は一晩中呻いていた。背中は痛くてずきずきした。だけど、お父さんたちが話を始めたとき、その内容はきちんと聞き取れた。

「あんた、情けってものはないのかい？　なんであそこまであの子を叩かなきゃいけないいんだい？」

「赤ん坊があんなふうになったのを見たら、怒りが湧いてきたんだ。それに、あの子は口答えをした。俺が訊いたことに、生意気な返事をしたんだ。それが癪に障って、叩いちまった」

「かわいそうに。町に買い物に行けるってので、すごく喜んでたんだよ。赤ん坊があんなふうになったのはあの子のせいじゃないだろ。私たちの子じゃないからって、酷い目に合わせていいわけないいじゃない。それに、あの子はとても働き者じゃないかい」

その話を聞いて、全てが分かったような気がした。私がワーチと呼ばれる理由がその時やっと分かった。私が浴室で体を洗っているとき、お父さんがよく覗いていた理由もそれで分かった。私は悲しくなっていく気持ちを抑えきれなかった。私はこれまでずっと夢を見ていた酔っぱらいであるかのような気がした。でも、私のことで何かもっと出てくるのではないかと思い、二人の話を聞いていた。

それから間もなくして、トー、トー、トー、トー、トーというフクロウの鳴き声が聞こえてきた。

私の心臓はキューンとした。

フクロウの鳴き声が止むと、冷たい風が吹いてきて、私に話しかける声が聞こえた。

「眠りなさい。お眠りなさい」あの小夜という名の女が喋る声だった。お父さんたちの話を私がもっと聞いて、死にそうになった私の心にとどめが刺されることのないよう、きっと彼女は私を寝かしつけてくれたのだ。

夢の中で私は走っていた。私は一人ぼっちだった。兄さんたちが小さな棺を背負って歩いていた。泣いている人もいれば、花を抱えている人もいる。だけど、私がいることには誰も気がつかない。人は体は寝ていても、魂は起きている人たちの話し声に合わせてうろうろするものだ。

「フロール、私たちは出かけるから、お願い、子どもたちの面倒を頼むわ。鶏にも餌をやるのよ。私たちは赤ん坊をお医者さんに連れて行くから。いい子にしててね。喧嘩なんかするんじゃないわよ」そう言うお母さんの声が聞こえたので、私は目を開けて頷いた。「夜には戻るわ。もちろん、赤ちゃんが元気になればもっと早く帰るわ」

その日、兄さんたちは、いつものように仕事に行った。下の弟たち三人と私だけになったので、いつもの時間にお昼を用意し、体を洗うのも暗くならないうちに済ませてやった。叩かれたところが痛むのと、しかも自分は親だと思っていた人たちの子ではないということを聞いてしまったことで、私は溜め息ばかりついていた。

家の用事を全部済ませてから、私はドニャ・マキンの家に遊びに行った。彼女の顔を見ると、いつものように丁寧に頭を下げた。

「こんにちは、ドニャ・マキン。遊びに来たんだけど、いいですか」

「いいわよ。でも、家の仕事は全部やったでしょうね」

「終わりました。ここに来ようと思って、急いで済ませちゃいました」

「朝方、お前さんのご両親が来たよ。ハンモックから落ちたっていう赤ん坊を治療してくれって言うんだけど、嘘は言えなかった。お前さんも最悪のことを考えておいた方がいいから、本当のことを教えてあげる。あの子の怪我はかなり酷いから、多分助からない。落ちた時に打ったせいで、頭が腫れてただろ。それに昨夜、フクロウが子どもへの最後の歌を歌うのを私は聞いてしまったんだ。ご両親はそんなことを信じなかったけどね。だから、医者のところに行ったって、金を無駄にするだけさ。私が言うことを信じたくないばかりにね。無駄にしてもいい金がそんなにあればいいんだけど」

「そんなこと言わないで、ドニャ・マキン。でも、それって、私は殺されるっていうこと?」彼女の話を聞いた私は心臓が飛び出るくらい驚いた。

「なんで殺されるんだい?」彼女が訊いた。

「お父さんがそう言ったの。赤ん坊が死んだりしたら、私を殺すって。昨日、私は嫌というほど叩かれたの。私は何もしてないのに、赤ん坊が落ちたからって言って、私を叩いたの」

「それは気が動転したから、そう言っただけだよ、フロール。心配しなくてもいい。お前さんの父さんなんだから」

「違うわ。昨夜二人が話してるのを聞いたの。二人は私の両親じゃないって言ったの。だから、あなたに話を聞こうと思って、来たの。あなたが生まれた私を取り上げてないというあの話はどういうことなのか教えてほしいんです。どうして私にワーチというあだ名を付けたのかを」

「まあ、落ち着きなさい。それは、まだお前さんが知るべきことじゃない」

「じゃあ、私が死んでからで、いいです」ドニャ・マキンにそう言うと、私は彼女の家から飛び出した。私は泣きじゃくりながら歩いた。私の反応を見たドニャ・マキンが家から出て来て、私を呼び止めた。

「分かったよ、フロール。お前さんがどうしても知りたいと言うんなら、仕方ない。お前さんになんでワーチというあだ名を付けたのか、お前さんの本当の父親が誰なのか教えてあげるよ」私を抱き寄せながら、ドニャ・マキンは言った。

ドニャ・マキンは村で一番の年長者だ。だから、村の人たちがどんなふうに生まれ、どんなふうに育ってきたかを全部自分の目で見てきたはずだ。彼女に抱き寄せられて、私はホッとした。彼女は小さな腰掛けを引き寄せると、そこに座るよう私に言った。

「いくつになった？」彼女は私に訊いた。

「十三」

「そうか。じゃあ、女であることがどういうことなのかはまだよく分からないだろうね。ましてや、母親が子どもに対して抱く気持ちも分からないだろう」彼女はまずそう言ってから、話を始めた。

「私が産婆の仕事を覚えたのはもうずいぶんと昔のことだ。女の人から生まれる子どもをどんなふうに取り上げればいいのかを、私はまだ幼い子どもだった頃から見てきた。私が実際にそれをやる番になってからは、生理はどのくらいの周期で来ているかまで注意して見るようになった。

ある晩のことだけど、歳は十八くらいの女の子が私のところにやって来た。その子は妊娠していた。私の家にやって来ると、私がドニャ・マキンかって訊いた。なにか大変な問題を抱えていると言うから、私はとりあえず家に泊めてあげた。その子が言うには、彼女を嫁に欲しいという男がいて、両親はそれを承諾したらしいんだ。言うまでもないけど、昔は、結婚適齢期の女の子がいることが分かったら、男たちは嫁にもらいに行ったもんさ」ドニャ・マキンは私にそんな話をした。

「その女の人って誰だったの?」私はそこが知りたかった。

「まあ、慌てなさんな。今から説明してあげるから」ドニャ・マキンは眉をしかめながら言った。そして、話を続けた。

「その子は結婚することが決まっていたわけだけど、親が決めたことに従わなかった。村のある踊り子の一人、踊り子グループの頭目なんだけど、その人に恋をしてしまったんだ。愛し合った二人はやがて体を許す間柄になり、彼女は妊娠してしまった。

その子のお母さんは娘の生理をいつも気をつけて見ていたらしいんだ。だけど、来るべき時期になっても、それらしき兆候が見当たらないんだから、驚くさね。娘は妊娠してるんだから、来るわけがない。

問題は、その子の両親が自分たちで決めた例の男とその子を、どうしても結婚させようとしたことなんだ。しかも、受け取った結納の品物はすでに食べてしまっていた。だけど、諦めきれない彼女は、踊り子の頭目と駆け落ちをすることにした。ところが、結納の品物まで納めた男は妖術を使って、駆け落ちができないようにしてしまった。

ここにやって来たその子は、出産が迫っている子どもを無事に出産させてほしいと言うんだ。子どもは無事に生まれた。子どもには何の責任もないからね。生まれたその子が、フロール、お前さんだよ」ドニャ・マキンがそう言い終わると、私たちは二人とも泣いてしまった。

「それで、お母さんはどうなったの？　なんで私は別の人に育てられることになったの？」私は訊いた。

「お前さんの母さんがここにやって来たのはもう日も暮れようとする時間帯だった。彼女は水浴びをしに行ったんだけど、戻って来なかった。あの頃私は近くにある水溜まりで水浴びをしていたんだよ。彼女がなかなか戻って来ないから、私は様子を見に行った。一雨来そうな雲行きだったんだ。行ってみると、彼女は産まれたばかりのお前さんを胸に乗せて倒れていた。彼女は死んでたけど、お前さんは声も上げずに泣いていた。お前さんはここいらの子のように声を張り上げて泣いていなかった。だから、私はお前さんにワーチというあだ名を付けたのさ。声を上げないのは決して弱いからじゃない。お前さんは自分の土地ではない場所で生きようと頑張っていたんだ。

お前さんの母さんは死んだ。死んだけど、名前が変わっただけなんだ。彼女の魂はもっといい所に行ったんだ。だけど、私たちに会いに帰ってくる。彼女の体は花びらになった。そして、枯れ葉のように風に吹かれて飛んで行ったんだ。

お前さんがおばあさんと呼んでいる女の人が私の家の隣に住んでいるだろ。あの晩はちょうど、その人の娘さんの出産予定日だった。お前さんたちが住んでる家は低いところにあるだろ。その日、その家は大雨で水浸しだった。だから、私の家に連れて来られたんだ。娘さんは陣痛で呻いてた。だけど、可哀そうに、大きなお腹の中の子はへその緒が首に絡まって死んでしまった。

あの晩、お前の本当の母さんと、生まれたけど死んでしまった赤ん坊の二人の遺体を埋めるのを、お前さんの父さんになる人が手伝ってくれた。降りしきる雨の中、私たちは水溜まりから遺体を運び、近くに埋めたんだよ。だから、誰もあそこで水浴びをしないし、あそこの水は飲まない。

お前さんの母さんの名前はフロール・デル・シエロ・チャブレだった。だから、お前さんを引き取ることになった人たちに、名前はフロールにしてあげなって言ってやった。

次の日、踊り子の頭目がお前さんの母さんを探しにこの村にやって来たけど、何も教えないでおくことにしたんだよ」

「私のお父さんは生きてるの？」私はドニャ・マキンに訊いた。

「ああ、生きてるよ」

「どこに住んでるの？」

「役場のある町さ。みんなが買い物に行くところだよ。いつか行くことがあったら、訊いてみるといい。もしかしたら会えるかもしれない」

自分の出生の秘密が全部分かって、私はとても嬉しかった。だけど、同時に悲しくもあった。だって、私は何の見返りもなく、ずっと働かされてたんだから。どこかに連れて行ってもらうことだってなかったし、靴を買ってもらえるのも履いているものが完全に潰れて使えなくなってからだった。

ドニャ・マキンの家を出た私は木に登って、私の本当の父の住んでいる町に向かう道が見える遠くを眺めた。木に登っていると、私の脳裏にはいろんな考えが浮かんできた。特に意味もない幻想のようなものだったけど。ふと我に返ると、二つの人影が村に向かってやって来るところだった。もう夕暮れが迫り、辺りは暗くなり出していたので、それが誰なのかはよく分からなかった。だけど、その人影が段々と近づいて来るにつれて、それは私の両親であることが分かった。私は急いで木から降り、家の裏に身を隠した。私が面倒を見ているはずの三人の弟たちが、お父さんたちの姿を見つけると、走って迎えに出た。

私は家の裏に身を隠したまま、少しだけ顔を出して様子を窺った。

「お姉さんはどこに行ったんだい？」お母さん、つまり私がずっとそう思っていた人が弟たちに訊いた。

「知らない。ちょっと前から、いなくなっちゃった」一番下の弟が答えた。

「あの子ったら。すぐにいなくなるんだから。他所《よそ》の家を歩き回る七面鳥みたいな子だわ。帰ったら、何をしろって言ったか思い出させてやらなきゃ」

みんなが家の中に入ると、お母さんが突然泣き出した。

「あのね、あなたたちの弟が死んじゃったの」お母さんは泣きながら言った。

それを聞いた弟たちも泣き出した。私は屈んだまま、心の中で静かに泣いた。だって、怖かったんだもの。弟には死んでほしくなかった。すると、お父さんが家の中から出てきて、私の名前を大声で呼んだ。

「フローール」

私は家の裏で、息を殺して見つからないようにしていた。

「くそがきが。戻ったら、目にもの見せてやる」お父さんはそう言うと、ツバを吐いてから家の中へ入って行った。

犬たちが吠えてお父さんたちを出迎えていたから、誰かが村にやって来たことは分かっていたはずなのだけど、私はすぐにおばあさんの家に行って、お父さんたちが帰ってきたことを知らせた。

「そうかい、戻ってきたのかい？　で、弟の具合はどうだった？」おばあさんは訊ねた。

「大変なの、おばあさん。死んじゃったの」

「仕方ないね。命は借り物で、私たちのものじゃないから。私たちは大地に蒔かれた種が芽を出したようなものだから、最後は大地に帰るんだよ」おばあさんはうつむきながら言った。

おばあさんは泣かなかった。泣く素振りさえ見せなかった。ただ、何回も溜め息をついていた。

「考えようによってはそれで良かったのかもしれない。魂が罪を犯す時間さえなかったわけだからね」

「おばあさん、私、怖い」

「どうしてだい？　何が怖いんだい？　死んだ子はまだ穢れてなかったから、誰にも悪さなんかしやしないよ」

「違うの。そんなことじゃないの。私が怖いのはそんなことじゃないの。それに私は死者なんて怖くないわ。むしろ、怖いのは生きている人の方」そう言って、私は家を出ようとした。

「馬鹿なこと、お言いでないよ。私もすぐに行くから、先に家に帰って、そう言っとくれ」

　自分の家に戻ろうとおばあさんの家を出た私は、例の水溜まりがある場所に行ってみたくなった。おばあさんの家からはそんなに遠いわけじゃない。だけど、一度も行ったことはなかった。そこは幽霊が出る場所だと言われていた。子どもにお乳をあげる女の幽霊が出るのだと言う。だけど、私は本当の話を聞いた後だったので、おばあさんの家とドニャ・マキンの家を通り過ぎて、その水溜まりの方へ向かった。

あまり先まで行かないところで、風が強く吹いたかと思うと、人の声が聞こえた。

「フロールは来てますか？」お父さんの声だった。

「たった今帰ったけど」おばあさんが答えた。

「家まで来てもらえますか。赤ん坊が死んだんです」お父さんはそう言うと、泣き出してしまった。

「フロールが知らせに来てくれたよ。お前さんが入ってきた時、そこら辺にいたはずだけど」

「なんであの子は知ってたんだろう？　俺たちには会ってないのに」

「なんでかは知らないけど、可哀そうに、とても怖いって言ってたよ。お前さんたちが何か酷いことでもしたんじゃないのかい？」

「とんでもない。何をするって言うんです？」

「一つ言っておくけど、昨日お前さんがあの子を酷く叩くところを私は見てるんだよ。あの子がどこかへ行ってしまうことでもあれば、そのせいだ。結局、お前さんたちはあの子を大事にしてあげられなかったんだ」

「あの時は無性に気に触ったんです。だって、あの子が目を離しさえしなければ、赤ん坊はハンモックから落ちることはなかったし、死ぬことなんてなかった」

「あの子には何の責任もないよ。だから、そのことはもう二度と言わないことだ。子どもの魂は神様がお前さんたちに一時だけ貸してくださったものなんだ。なんで取り上げられることになったのかは神様にしか分からない。それに、あの子を貰えたおかげで、お前さんたちは子どもを失うという悲しみから救われたことをもう忘れたのかい？」

二人の声は段々と小さくなっていった。私はそのまま水溜まりへ行き、しばらくの間、そこに座っていた。私は頭が混乱していた。こんなこと全部嘘だと思った。死ぬことへの恐怖も段々と消えていった。殺されたからって、それが何なの。その方がいいわ。だけど一方で、できれば私の本当の父に会ってみたいと思った。

水面を長いこと眺めていた私は、木に登って、私の家がどうなっているか様子を見ることにした。沢山の人が集まっている。ロウソクの灯りも見える。村にはロウソク以外の灯りはないから、家はすぐに分かった。死んだ子のためにたくさんのロウソクが灯されているのだ。

木の上に座っていると、ある声が聞こえてきた。

「フロール、ここで何をしているの？」そう訊いたのは小夜だった。

「何も。どうするのが一番いいか考えてるだけ。ここに留《とど》まって、ただ殺されるのを待ってるのがいいか、遠い、まだ知らない場所までお父さんを探しに行くのがいいか」

「心配しなくてもいいのよ、フロール」小夜は答えた。

「心配にならないわけないじゃない。私、怖いわ」

「じゃあ、降りて、あなたの心が導くままに歩けばいいのよ」

「私の心には、どうすればいいか分からないわ」

「いいえ、分かってるわ。お父さんに会いに行こうと思ってる」

小夜の意見を聞いて、私は言われたとおりにすることにした。だけど、他にも訊いてみたいことがあった。

「ねえ、あなたの本当の名前は何なの？　小夜というのはあなたの本当の名前なの？　それとも仮の名なの？」彼女が私のそばに寄って来たので、訊いてみた。

私の横に座った彼女の方に目をやると、彼女はうつむいて、どう答えたものか考えている様子だった。

「小夜は私の仮の名よ。辺りが暗くなった時にしかいられないから、そう呼ばれるの。それに大地にいることもね。つまり、大地が暗闇に包まれる時の女だってことよ。私には本当の名前が別にあるはずだけど、何と言うのか私は知らないの」

「あなたのお母さんも死んだの？」

「いいえ。私のお母さんは鳥よ。まだ生きてる。私に命をくれたけど、名前は教えてくれない。それを口にすれば、悪いことをたくさん呼び寄せることになるの」

「そう。だったら、言わなくてもいいわ」私はそう答えると、座っていた木の枝から降りた。

「フロール、どこに行くの？」

「お父さんに会いに行くことにするわ。だけど、付いて来てくれる？　遠いから、一緒に行ってもらえれば、退屈しないで済むと思うの」

「分かったわ。行きましょう」彼女はそう言って、木から飛び降りた。私たちは一緒に歩き始めた。そして、夜の真っ暗な闇の中に入って行った。

「聖なるエク・チュア、旅人の守護者、夜の暗闇におわす神様にお願いします。どうか私をお助け下さい、どうかお守り下さい」私の高鳴る胸は祈っていた。

夜の歌

私は小夜と一緒に歩いた。聞こえてくるのはコオロギの鳴き声だけ。それ以外は、森に棲む虫たちの立てる音だけだ。道は真っ直ぐで広い。分かれ道のない、役場のある村へと真っ直ぐに伸びる幹線道路だ。

私は長い距離を歩くのに慣れていなかったので、すぐに疲れてしまった。すると、小夜が私に言った。

「ねえ、疲れてない？　木に登って休みましょう。あなたのお父さんのいる町まではまだずいぶんとあるわ。それに、あなた、今にも眠ってしまいそうな顔をしてるわよ」

「あなたの言うとおりね。私、本当に眠たくってしょうがないの。あの木に登りましょう」

実際、私はもはや夢と現実の区別がつかなくなっていた。

「歳はいくつになったの？」

「十三」私は歳の数だけ答えた。

「十三という数にはいろんな意味があるのよ。今日私が教えてあげることも、あなたにとってとても深い意味があるかもしれない。九つのことを話してあげるわ」

木に上がると、小夜は歌い出した。

「出ておいで、蜘蛛たち。出ておいで、出ておいで。ハンモックを広げて、私に夢を見させて」

小夜がそう言うと、蜘蛛たちがぞろぞろと出てきて、私たちが横になれるハンモックを二つ、大急ぎで作り出した。

「私はハンモック編み。私はハンモック編み」蜘蛛はせっせとハンモックを作りながら、そんな歌を歌った。

ハンモックが出来上がると、小夜は私に向かってこう言った。

「あなたが一番大事にしているものに注意しなさい。あなたの心が大事にしているものには気をつけなさい。手から落とさないように。誰にも取られないように。一旦手から離れたら、それは蜘蛛のハンモックに絡め取られてしまう」

小夜は歌い終わると、私に言った。蜘蛛はハンモックを編んで、飛んでくるものはなんでも捕まえようとする。ハンモックの方に向かって飛んでくる美味しそうなものはなんでも捕まえる。蜘蛛は歩いて旅をする人にもハンモックを編んでくれる。そのハンモックで体を休ませ、甘い夢を見させておいて、食べてしまう。

いいかい、人間の世界でも蜘蛛と同じようなことが起こる。困ってると、手を貸してくれる人たちがいる。彼らは言葉巧みに手助けを装って、実はハンモックを編んでいる。そのハンモックに横になって寝てしまうと、出て来てうろうろしている夢を食べてしまうのだと。

小夜が言うことを聞いて、私は急に怖くなった。だって、私は蜘蛛が張った巣にぶら下がっていたんだもの。しかも、一匹の蜘蛛が別の蜘蛛たちに向かって言った言葉が聞こえた。

「この女の子、どうだ？　実にうまそうな肉付きをしてるじゃないか」

「そうだな。だけど、おれたちに毎晩食べさせてくれる女と一緒に来たんだぜ。食べるわけにはいかないよ。明日から食べさせてもらえなくなったりしたら、大変じゃないか」他の蜘蛛たちが言った。

そのやり取りを聞きながら、私は心の中で思った。

「この蜘蛛たちは私が眠ってしまうのを待って、私を食べてしまうのかしら。冗談じゃないわ。でも、私は一人じゃないから、少しは安心かしら」

　それからほどなくして、冷たい風を体に感じた。

「フフフフフ、フフフフフフ」私たちのそばの枝に止まった白い鳥が鳴いた。

「あれは何？」私は、隣で寝ている女のハンモックを足で蹴って少し揺らしながら訊いた。

「なんでもないわ。ただのフクロウよ」小夜はハンモックの中で寝返りを打って、私の方に顔を向けながら言った。「私がこれから言うことをよく聞くのよ。いい？　いつの日かきっとあなたの役に立つわ。耳をそばだてて聞きなさい。そして全部覚えておくのよ」

　夜の鳥の中で一番力があって知恵があるのはフクロウ〔マヤ語でトゥンクルチュ *tunkuluchu*、スペイン語でレチュサ lechuza〕。フクロウはあの大きな目で、人間には昼間の明るい時でさえ見えないものまで見ることができる。フクロウは死が人の家をいつ訪れるかを知っている。だが、人間は死を恐れるから、フクロウを「凶兆の鳥」と呼ぶようになった。死を見分けられる鳥は他にも、ミミズク〔マヤ語でショーチ xooch'、スペイン語でブーオ buho〕やシュ・トーカブ・シュヌーク〔マヤ語で xt'oojkab xnuuk〕といったものがいる。そいつらはみんな家の屋根に止まって、人間に何かのメッセージを伝えるために歌う。だが、生まれたばかりの子どもの穢れていない魂を持って行くために様子を窺っていることもある。

それから、あなたが人生で一番大事にしているもの、あなたの心が一番大切にしているもの、あるいは一番望んでいるものを羽ばたかせたとしても、むやみに飛び立たせてはいけない。夜の鳥が爪のついた足でそれを捕まえてしまうかもしれない。捕まったらズタズタにされて、食べられてしまう。思い出になる匂いすら残してくれない。あいつらは飛ぶ音さえ立てずに注意深く近寄ってくる、そういう生き物なのだ。

夢を空中に離してやるにしても、ずっと一か所に留《とど》まらせてはいけない。あなたにとって一番大事なもの、あなたが心の中で一番望んでいるものは、蛇からも守ってあげないといけない。蛇はまるで寝ているかのようにとぐろを巻いている。だがあれは、小さな夢たちが下の方に飛んで来るのを待ってる。捕まえたら、ゆっくりと飲み込んでいく。

辺りが静かになっても、自分の周りに何もいないと思ってはいけない。何かがあなたを見張っている。身を潜めて耳を澄ましている。それはネズミみたいだが、空を飛ぶ。目は閉じていても、耳を澄ましている。コウモリというのはじっとしていても、あなたが一番大切にしているものを捕まえようと、その機会をひたすら狙っている。捕まえたら、どこかに持って行って、しゃぶりつくす。だから、周りに静けさを感じたら、何か歌を歌いなさい。知らなければ、作ればいい。大事なのは黙ってしまわないことだ。

他にもあなたの心を惑わすものがある。それは決して眠らない。そいつらは物は見えなくとも、匂いで感じ取れる。あなたの心が一番大切にしているものが持っている羽の下の匂いを感じて、捕まえてしまう。捕まえたら、嚙み砕いて小さくする。そして、棲んでいる丘まで運んでいく。蟻というのは最初は大したものには思えなくとも、放っておくと、そのうち払いのけられなくなる。あなたの体から出てくるものがなくなるまで全部運んで行く。あなたの夢を全部持って行ってしまう。だから、夢は地面を這わせてはいけない。

それに、あなたの夢を地べたに放っておいたら、サソリにやられてしまうかもしれない。サソリは自分の力になるものを探して夜に歩き回る。あなたが一番大事にしているもの、あなたの心が一番大切にしているものにうとうとさせておいたら、こっそりと近づいて来るサソリに死の一撃を食らわせられるかもしれない。毒が回って動けなくなったところで、サソリは夢を食べてしまう。それがあいつらのやり方だ。サソリは生まれるとすぐに、自分たちを生んだ母親を食べてしまう。そんなサソリが人間の夢を捕まえたら、どうなると思う？　ごちそうに決まっている。

あなたに近づいて来て、愛してる、って嘘をつく人だっている。あなたの夢、つまりあなたが一番大切にしているものが欲しいだけなのだ。言い寄ってくるそんな人に限って、ハンサムで、輝いて見える。腕っぷしが強く、いろんなことを知ってる、頭のいい人。そんな人には気をつけなさい。そんな人は相手が自分のものになったと思ったとたんに、我が物顔になり、相手を食い物にしてしまう。そんな輩《やから》はタランチュラ族。後ろには必ず黒いメスのタランチュラがいる。そいつはあちこちの家を駆けずり回って、自分の美貌を男に見せびらかす。男が引っかかれば、お望みのものを手に入れる。そのメスの心がどれだけ汚れたものか考えてご覧なさい。男の甘い蜜で自分の体が満たされ、子どもを産む準備ができれば、後は殺して食べるだけ。

「オスは食べられてるのにずっとじっとしてるの？　全く抵抗しないの？」私は思わず訊ねた。

「ええ、何もしないのよ。だって、自分が捧げた愛ですもの、痛くても、逃げたりしないの。まあ、捧げはしたものの、それが本当に正しい相手だったかは分からないでしょうけどね」小夜は答えた。

嘘をつくそういった手合いは見破れるようになりなさい。大きいのもいれば、小さいのもいる。大きさは関係ない。嘘をつく人は体全体で嘘を踊らせているもの。

フクロネズミもそっと近づいて来て、生まれたばかりの夢の匂いをかぎ、柔らかい肉を食べようとする。寝たふりをして、あなたが一番大事にしているもの、あなたの心が一番大切にしているものを狙っている。

そして、穏やかな口調で言う。

『奥さん、私の家には子どもがたくさんいるんです。今お産みになった夢を二つほど私の子どものために分けて頂けませんか？』

最初は可哀そうに思って、あげてしまうかもしれない。だが、そんなことをすれば、癖になる。毎日やって来て、あなたの同情を引こうとする。少しずつだけどあなたは自分の夢を分けてあげないといけなくなる。あなたがうんざりする頃には、力ずくで持っていくようになる。そうやって、結局全部持っていかれてしまう。いっそのこと、殺してやろうと思っても、やられて死んだふりをする。死んだものと思ってあなたが手を緩めると、フクロネズミは起き上がる。そして、腹いせに以前よりも酷いことをするかもしれない。だから、あいつにだけは夢を渡さないように注意しなさい。

あなたの血を吸う虫たちにも注意しなさい。あいつらはあなたの耳元にやって来て楽しそうな歌を歌ってくれるだろう。

『奥さん、私、喉が渇いてるの。一滴でいいからあなたの血を分けて頂けませんか？』

心優しいあなたは、素直にあげてしまうかもしれない。だが、それには切りがない。あなたがあげるのを見ていた別の虫がやって来て言うだろう。

『私には？　私にもちょうだい。意地悪しないで』

気がついた時、あなたの夢にはもう血は残ってない。力も出ないから、飛べなくなる。体も弱って、最後は死んでしまう。

「さあ、今は眠りましょう。でも、目が覚めた時、私はもういないと思う。私がいついなくなるのか、あなたはきっと気づかないはず」小夜はそう言って話を終えた。

「いろんなことを教えてくれてありがとう。本当にありがとう」

目を閉じると、いつの間にか私は眠ってしまった。目を開けた時、辺りはすでに明るくなり始めていた。太陽の光が蜘蛛の巣に当たるので、蜘蛛の巣は段々と溶け始めた。私は木から降りて、スキップをしながら道を歩き始めた。

私は歩きながら思った。

「私がいなくなって、家のみんなは心配してるかしら？　寂しがるかしら、それともいなくなって、喜んでるのかしら？」

私は弟たちのことが心配だった。だって、私はずっと弟たちの面倒を見てたんだもの。それでも私は歩き続けた。私の前の方からやって来る人は誰もいない。時々後ろを振り返って見るけど、誰も来ない。誰かに見られることが私は心配だった。見つかったら、家に連れ戻されるかもしれない。そんなことになったら、私は絶対に殺される。

道を歩きながら、私は小夜が言った言葉を思い出していた。昼間はなんでもはっきりと見える。だから、何が大事なのかちゃんと分かる。昼間は大した苦労も心配もなく、なんでもできる。だけど、夜は違う。何も見えないから、びっくりしたり、下手をしたら食べられてしまったりするかもしれない。だから、何かを成し遂げようと思ったら、目をちゃんと開けていないといけない。彼女はそう言った。

お腹が空いてきたので、私は道端に生えているバナナの木から実をいくつか捥《も》いで食べた。その時ほど、トウモロコシでできたトルティージャが食べたいと思ったことはなかった。喉の渇きはカモテ〔サツマイモ〕の大きな葉っぱに溜まっている水を飲んで癒やした。私はとにかく父の住んでいる村に辿り着くまでは気を強く持っていなければならないのだ。

果てしなく続く道を歩いていると、体の感覚がなくなり、自分の体が自分のものではないような気がした。その一方で、心は夢を見ていた。生きたい、自分の心を守りたい、そして自分のルーツを知りたい。私はよく思い出すあの歌をどこで覚えたのか、踊りたくなるあの気持ちはなぜ湧いてくるのか、その理由を知りたかった。

気がつくと、小夜が村に姿を現し始めていた。赤く大きくなった太陽が西に沈もうとしている。鳥たちもかまびすしく鳴き始めた。私は思った。

「私がどこに行こうと、あの女の人は私を見つけてくれる。木に登って、来てくれるのを待ってればいいんだわ」

私が木に登ると、猿たちがあちこちを飛び回り始めた。枝から枝へと飛び移りながら、夜の間自分の体を休める場所を探している。蛙たちも鳴いている。鳥たちも囀《さえず》りながら、眠るのに適した一番止まりやすい場所を探そうとしている。だけど、鳥たちの盛大な囀りは私には歌に聞こえる。

「踊りなさい。ほら、踊りなさい。喜んでいいのよ」私は嬉しくなって一緒に歌った。

私は、まだ大地の光を見たことがない時に覚えた、あの歌を思い出していた。私の本当の母が父と一緒に鳩の踊りを踊っているときに作ったあの歌だ。

蜘蛛たちがハンモックを編み始めた。夢を捕まえるためのあの網だ。コウモリが金切り声を上げげた。その後、食べられるものがやってくるのをじっと待っている。フラフラと飛び回る人間の夢がいれば、捕まえて、飲み込んでやろうと狙っているのだ。フクロウが音も立てずに飛んで来て、生まれたばかりの子どもの魂が眠っている近くに止まった。耳をそばだてて、怖がって眠れないでいる人たちの声を聞いている。

蛇の母親が体を引きずりながらやって来ると、体を石やかずらにこすり付けて、古くなった体の皮を脱ぎ捨てた。これまで引きずって来た過去を脱ぎ捨てるのだ。脱ぎ捨てられた殻は風に乗ってどこかへ運ばれて行く。

私が木に登ってから間もなく、小夜がやって来た。彼女のレボソが私にも被さると、辺りはひんやりとしてきた。

「もうずいぶんとあなたを待ってたのよ」私は彼女に言った。

「私を待つには忍耐がいるのよ。それはあなたが生きていくことと同じなの」彼女はそう答えた。

私を包み込んだ彼女のレボソには小さな穴がいくつも開いていることに私は気づいた。

「レボソに何かあったの？」私は訊ねた。

「実はね、寝るときに床に置き忘れちゃったの。そしたら、蟻がやって来て、穴を開けちゃったの。ものごとっていつもそんなものよ。穴が開いちゃったから、広げた時に、太陽の光が漏れちゃうの。暗さが少し足りなくなったかもしれないわね。ところで、あなたの歌は遠くからでも聞こえてたわよ」小夜は私に言った。

「ええ、私がまだお母さんのお腹の中にいた時に、お母さんが教えてくれた歌なの。忘れてなかったみたい」私はそう答えた。

「じゃあ、私も一つ教えてあげるわ」小夜はそう言うと、歌い出した。

私たちは木の枝の中にいたので、誰にも気づかれなかった。私のことを思い出した人さえいなかったかもしれない。突然、小夜が地面に飛び降りた。そして、歌いながら、私にある踊りを踊ってみせた。

「夜が歌を歌い始めた。夜が舞を舞い始めた。お腹に宿した月は、日々、形を変える。夜が歌を歌い始めた。夜が舞を舞い始めた。空にぶら下げた子どもたちが地上の道を照らす」

歌と舞を終えると、彼女は言った。

「眠りなさい。今は眠っていいのよ。お父さんがいるところに着いたら、あなたは眠れなくなる。嬉しさのあまり、眠れなくなる。あなたは踊ってばかりいることでしょう。あそこは舞の町。お祭りと祝祭の町。もう少し辛抱すれば、あなたの新しい生活が始まる。だけど、それには用心が必要。さあ、今は眠りましょう。この時期の夜は長くないの」

舞の町

家を出てから二日目の朝、私は再び、本当の父の住む町に向かって歩き出した。だけど、不思議だった。昨夜私は樫の木に寝たはずなのに、目が覚めた時には小さな耳のような形をした実を付けるグアナカステ〔ネムノキ属の木〕の木にいた。その葉っぱはまるで、昨夜の話を全部聞いたせいで、縮こまってしまったかのように見えた。

私は一生懸命に歩いた。町まで、もう遠くはない。ある丘の頂上まで来ると、眼の前に大きな町の景色が広がった。

「あそこだわ」心の中でつぶやくと、私は早く着きたい一心で足の運びを早めた。急いで歩きながらも、私は兄弟や両親のことを思い出していた。「今頃、家では私の心配をしてるのかしら」

そう言えば、かつて村からある少女が見当たらなくなったことがあった。村人総出で捜し回ったが、なかなか手がかりが得られないので、恋人と駆け落ちしたのかもしれないとみんな思い始めていた。捜索をもう諦めようという段になって、洞穴に落ちて倒れているのが見つかった。彼女は自分の魂を神々に捧げてしまったのだ。

その後、少女にはいろんな噂話が立った。だけど、私の場合はまだ結婚するような歳じゃない。

「私の場合、きっとそんなふうには思われないはずだわ」

町の入口まで到着すると、私はフロール・デル・シエロ・チャブレの家はどこにあるのか訊いて回った。私の母は確かそういう名前だったはずだ。だけど、そんな名前の人が住んでいた家を知っている人はいなかった。

町の中心部までやって来た時、私より少し背の高い女の子を見かけた。私は思い切って、その子に訊いてみた。

「ねえ、もしかして、フロール・デル・シエロ・チャブレという名の女の人の家はどこだか知らない？」

「ううん、知らない。だけど、あなたが探してるその女の人はずっと昔に死んだんじゃないかしら」

「それは分かってるの。私はただ、その人の家がどこにあるか知りたいだけなの。できれば、住んでたところを見てみたいの」

「だったら、私の家に行きましょう。私のお母さんに訊いてみるといいわ」

私は彼女のあとに付いて行った。もしかしたら、母や私のルーツについて何か教えてもらえるかもしれない。家に着き、中に入ると、私は女の子のお母さんに挨拶をしてから、用件を話した。私の用件を聞いた彼女は意味深げな言葉を返した。

「あんた、フロール・デル・シエロ・チャブレの何なんだい？」彼女は私の顔をじっと見ながら、私に訊いた。

「私の母です」私はそう返した。

「その人はずいぶんと昔に死んだんだよ」

「そうです。私を産んだその日に死んだんです」

「ああ、そうなの。フロール・デル・シエロと私は親友だったわ。可哀そうに、彼女は町から逃げなきゃいけなくなった。殺されるかもしれなかったんだ。お腹の中の子と一緒にね」

「でも、ご覧のとおり、私は死んでいません」私は即座に言った。「私、母のことが知りたくてここに来たんです。いろいろ事情はありますけど、今はただ、母のことが知りたいんです」

「分かったわ。教えてあげる。私が知ってることは全部教えてあげるから、安心して。でも、あんた、本当、お母さんにそっくりだねえ」

「そうなのかもしれません。でも、良かった。そしたら、私がその人の娘だってこと、みんなに信じてもらえるってことですよね」

「そういうことだね。まあ、とりあえず、何か食べさせてあげよう。あんたお腹空いてるだろう」

「はい。実は、お腹空いてるかもしれません」

「じゃあ、そうしよう。食べながらでいいから、どうやってここまで来ることになったのか、聞かせてもらおうかね」

私の身に起きたことを、私は彼女に簡単に説明した。だけど、いくつかは夢に見たのだと言った。だって、小夜という名の女の影と話をしてたなんて言ったら、笑われるだけで、私はどこかおかしな子だと思われるに決まっている。

「ところで、おばさんは私の父のことをご存じなのですか」私は訊いてみた。

「いいえ。それはね、誰にも分からないのよ。フロール・デル・シエロが誰の子を身ごもったのかは誰も知らないの。彼女が妊娠してるってことは、私たちにも分かってた。だけど、誰もそのことに触れようとはしなかったわ。ましてや、彼女のご両親が亡くなられてからは誰もその話はしなくなったの。ご両親は婚約の品物を受け取りながら、娘を引き渡さなかったわけだし」

「ああ」私はそれだけ言って、あとは何も言わなかった。私はすんでのところで、私の父が誰であるか言ってしまいそうになったが、我慢した。

今はまだ話す時じゃない。私は心の中でそう思った。

食事が済むと、二人は縫い物を始めた。それから間もなくして、ご主人が帰宅した。私がいるのに驚いた様子だった。私がご挨拶をしていると、おばさんが横から私のことを説明してくれた。

「母親にそっくりだな。誰が見たって、フロール・デル・シエロの娘だ。まるで、彼女が生き返ったみたいだ」ご主人はそんなことを言っていた。

その日、私をおばさんの家に連れて行ってくれた女の子が服をくれたので、それに着替えた。私が着ていた服は普段着である上、かなり短くなっていた。それに、何度も木に登ったので、汚れていた。

その日の晩、町の中央広場で行われた舞台のことを、私は決して忘れられないだろう。母の親友だったというおばさんの家で体を洗わせてもらった後、私は暇乞いをしようとしていた。

「おばさん、どうもありがとうございました。私は母が住んでいたところを見に来たのだから、これからそっちに行って見ようと思います」

「あのね、あんたのおじいさんたちが住んでいた家はもうないんだよ。二人が死んだのは呪いをかけられたからだと思った町の人たちが、家に火をかけて全部燃やしちまったんだ。それ以来、誰も近づかなくなって、建物は何もないんだよ。よかったら、うちに泊まっていったらどうだい？」

「それじゃ、泊めて下さい。今夜だけで結構です。明日になったら、どこか行くところを探します」私はそう返事をした。

その夜、私たちは村の広場に出かけた。そこではとても素敵な舞が演じられていた。雨の舞という演目の付いた舞台だった。

舞台には五人の男性がいた。そのうちの四人、赤い男、黄色い男、白い男、黒い男が東西南北の方角に立っていた。太鼓が鳴ると、男たちは第一の雨《ヤシャル・チャーク》を演じる男のいる真ん中に向かう。第一の雨《ヤシャル・チャーク》はトカゲの仮面を被って、巨大な蛇を模した台の上に腰掛けている。

四人の男たちはヒョウタンを体にぶら下げ、手には火打ち石を握っている。ヒョウタンの水をすくって、自分の体にかけたり、観客に振りかけたりした。

他にも火の舞という踊りがあった。何やらの対話から始まり、少し歌を歌い、最後は舞台を駆け巡って踊っていた。

一人の男が舞台の中央に出てきて、腕を振りながら踊ると、空に向かって腕を差し上げて言った。

「汝、空の偉大なる者、汝、大地の偉大なる者。汝こそ、この世の静寂の中にわが意思を生みし者なり」

次に二番目の男がやって来て言った。

「汝はわれに知恵を授けし者。汝は木を育むその知恵を木から落とせし者。汝の体をわれに授け給え。暗闇からわれを遠ざけんがため、汝の体をわれに授け給え」

この言葉を言い終わると、二人は法螺貝を力強く吹いた。耳から入った法螺貝の音は私の体を経巡り、奥深くまで達した。私は鳥肌が立った。

その後、燃え盛る炎の入った何かを頭に乗せた男が出てきた。舞台に出ていた二人はその炎を使ってたいまつに火を付けた。すると、すぐに太鼓の音が響き、みんなが踊りだした。今にして思えば、その時私の心は嬉しさで飛び跳ねていた。

あの晩、私は、小夜が私に言ったことが正しかったことを知った。おばさんは私にハンモックを貸してくれた。二晩も続けて木の上で寝た後だったので、私はハンモックでぐっすりと寝た。

だけど、人は見た目だけでは分からない。本当は何を考えているのか、他人には分からない、というのもまた真実だ。

「どうかしたのか？」私を泊めてくれたおばさんの旦那さんが、彼女に小さな声で話しかけた。

「何が？」

「あの娘を家に泊めてやるなんて、お前どうかしてるんじゃないか。あの子のじいさんばあさんがなんで死んだか忘れたわけじゃないだろ。母親だって、なんで死んだか覚えてるだろ。毎晩、南の方の、ここから遠くないところにある村の方に向かって行く彼女の姿を見たって言う人はたくさんいるんだ。だけど、それって幽霊だろ。あの娘はもしかしたら呪術師か何かで、俺たちに何か悪さをするかもしれないぞ」

「馬鹿なことを言わないでよ。目を覚まして、話を聞かれでもしたら大変だから、黙ってなさいよ」おばさんは言った。

私は心の中でつぶやいた。

「このおばさんはどんな人なんだろう。いい人なのかな？」

そんなことを考えていると、さらに話し声が聞こえた。

「あの子をここに置いておくのはよくないと思う。元来た場所に帰るように言ってくれないか」ご主人の声だった。

「あなた怖いんでしょ。だから嫌なのよ。あの子のおじいさんおばあさんの死にあなたは関わっていたものね。知られると困ることがあるから、怖いのよ」

「うるさい。頼まれたんだ。金をくれるって言うから、やったんだ。お前には関係ないとは言わせないぞ。俺が困ることになれば、お前だって困るんだ。俺が貰った金はお前だって使ったんだからな」

「あら。いつだって人のせいにするのね。ビクビクしないで。私にいい考えがあるわ。どこも行くあてがないんだから、置いてあげましょうよ。遠くの村から出てきた親戚だって言えば、大丈夫よ。一年ぐらい経ってから、舞子の頭目に紹介しましょう。あの子と結婚するように仕向けるの。あの人はまだ若いし、それにあの子は彼の好みのタイプだと思うわ。かわいいじゃない。きっと受け入れるわ。そうなったら、私たちは何かのご褒美がもらえるんじゃないかしら。私たちの方から要求したっていいわよ。お金とか土地とか。あの人、地主の御曹司でしょ。お金ならたくさんもってるわ」

おばさんの話が聞こえていた私は、今にも飛び出すのではないかというくらい心臓がドキドキしていた。半分夢見心地だった私には、おばさんはハンモックを編んでくれた大きな蜘蛛のように思えた。善意からではなく、私から何かを掠め取るためにハンモックを編むあの蜘蛛だ。

それ以降、ハンモックの中にいる私に届く二人のやり取りはただのひそひそ声でしかなくなった。

私は寝てしまったのだと思うが、夢の中で、蜘蛛の姿になったおばさんが私の方にやって来てつぶやいた。

「美味しそうだわ。すぐに食べてあげるからね」

その言葉を聞いた私は震え上がり、思わず起きて、ハンモックに座ってしまった。それから、立ち上がり、中庭に出た。外に出てまず目に入ったのは、空に輝くさそり座だった。

小夜、小夜、来て。私は声に出さずにお願いした。

すると、呼ばなくとも、間もなく小夜が顔を出した。

私はおばさんの言ったことが怖かった。だって、私を結婚させようとしているのは私のお父さんなんだもの。そんなの駄目よ。

小夜は近寄ってきて、私に訊いた。

「どうしたの？」

「あなたと話がしたかったの」

「じゃあ、話してごらんなさい。何があったの？　気分でも悪いの？　気になることは心から取り除きなさい。我慢してる必要はないのよ」

「あのね、あなたに訊きたいことが一つあるの。結婚する歳になったかどうかは、どうすれば分かるの？」

「ハハハハハ」小夜は笑った。「あなた、もう結婚したいの？　慌てないで。まだ十三歳なんだから。知らないといけないことはまだたくさんあるわよ。心配しないの。でも、いくつか教えて頂戴。今、あなたに見えるものは何？　何が聞こえる？」

「見えるのは蛍。聞こえるのはコオロギ」

「じゃあ、よく聞いて。教えてあげないといけないことがあるから。蛍は大地を照らしてるの。蛍の光は点滅しかしないけど、それでも暗闇にいる人間を照らしてあげようとする。乾期の夜、雨期が近づくと、蛍がたくさん出て来るでしょ。蛍はその時だけ子どもを産むの。だから、メスの蛍はこう言うの」

『私はここにいるわよ。ここに』蛍は灯りを点滅させながら言う。するとオスの蛍が、明かりが灯っている方角を見ながら、メスの蛍に声をかける。

『もっと灯りを点せるように、君にプレゼントしたいものがあるんだ』

そう言うと、オスの蛍は喜びに満ちた自分の体でメスへの愛を表現する。結ばれた後、オスは立ち去り、メスは灯りを消す。そうやって、メスの蛍は地上に新たな灯をもたらす蛍の卵を産む時間を待っている。一方、オスの蛍は別のメスを探しに行く。オスがプレゼントを持ってやって来るのをじっと待っているメスが他にもいるのだ。

「私、そんなふうにはなりたくないわ」私は言った。

「何のこと?」

「自分の灯りが消えたら、夫がすぐに別の女を探しに行くってこと」

「ハハハハ。学ぶべきことはたくさんあるって、私は言わなかったかしら? もう一つ教えてあげましょう。コオロギが立てる音のことよ。コオロギは夜になると来る日も来る日も歌ってるでしょ。いつ終わるともしれない歌を。コオロギはどんなに暗い所にいても、怖くないの。何かがやって来て、食べられそうになると、そいつらを驚かしてやろうと、もっと大きな声で歌うのよ」

コオロギは蛍と違って、光るものを持たないから、みんなで一斉に音を出して、力を合わせて身を守る。だから、歌う。

あのね、覚えておきなさい。この世には他人が光を出しているのを見るのが気に入らない人もいる。特にそんな人は、一見光なんか出しそうにもないような人が光を出すのを嫌う。それに他人が楽しそうに歌を歌っているのを嫌う人もいる。

だからこそ、どんな暗闇にいても歌い続けなさい。心の火を点し続けなさい。それが、あなたが結ばれるべき人を見つけるためのたった一つの方法だから。だけど、注意しなさい。いつも結ばれることばかり考えていたゴキブリがいたけど、そんなゴキブリの真似をしてはいけない。そのゴキブリは、着飾って、これ見よがしに、夫にするオスを探し回った。そうやって、手当たり次第に声をかけていた。

『あなたでしょ』

ある時、ゴキブリは一羽の雄鶏に声をかけた。すると、雄鶏は答えた。『そうだよ、姉ちゃん、こっちへおいで』そう言うと、ゴキブリを一飲みにしてしまった。

だから、子どもの時に、正しい生き方をきちんと覚えないといけない。それができないうちは、まだ成長したとは言えない。

「あなたの教えはよく分かりました。私にいろいろと教えてくれるあなたは、誰から見ても、私のお母さんだわ」

私がそう言うと、小夜はうつむいた。目からは涙が溢れているようだった。

「悪く思わないで」彼女を元気づけようと思って私は言った。「歌いましょう。踊りましょう。それとももっとお話する？」

「そうね。でも、あんまり長くはできないわよ。夜が明けてしまったら困るから」

かなり長いこと二人で時間を過ごしてから、私は家に入って寝た。それからほどなくして、おばさんが起きて、かまどの火をおこした。ご主人も起きて仕事に行く準備を始めた。女の子はぐっすりと眠っていたので、おばさんに揺すって起こされた。家の者みんなが起きているので、私も起きて、お手伝いをすることにした。すると、おばさんが私に訊いた。

「あんた、歳はいくつだい？　名前は何て言うんだい？」

「わたし、フロールです。十三歳になります」

「そう、じゃあ、そろそろいい歳だね」

「何の歳ですか？」私は訊いてみた。

「行く宛を探す歳だよ。胸も大きくなってるじゃないか。大人になりきってはいないかもしれないけどね」

「ええ、そうですね」

「よかったら、今日は私たちと一緒に買い物でもしに行かないかい？

広場には店がいっぱい出るんだよ」

「もちろん、喜んで」私は思わずそう言った。

その日、私はおばさんたちと一緒に出かけた。だけど、私は上《うわ》の空だった。お店の人が物を見せながら話す声や笑い声は聞こえてくるが、どこか遠くで響いているようだった。私の視線は定まらず、心もどこかへ飛んで行ってしまっているかのようだった。そんな私は何かに蹴躓《けつまず》き、買ったものを抱えたまま転んでしまった。

小さな石の嵌《は》め込まれた壁のある美しい家の前を通りがかった時、おばさんが私に言った。

「ここはね、広場で踊ってた人たちの頭《かしら》の家だよ」

「本当に？」

「そうよ。そのお頭さんってね、とってもハンサムなんだ。それに結婚相手を探してる。恋人だった人が姿を消してから、長いこと独り身でいるんだ。誰がその恋人だったかは分からない。恋人がいたってことはみんな知ってたんだけど、結局分からずじまいさ。裕福な家の名士だから、みんなからなんだかんだって噂されるのは嫌だろ。だから、触らぬ神に祟りなしさ」

「じゃあ、その人、踊るんですか？」

「もちろんよ。とってもお上手よ。そう言えば、昨夜の舞、覚えてる？今日もやるみたいよ」おばさんは私に教えてくれた。

「見に行けます？」

「そうね。今日がお祭りの一番大事な日だから、あなたに見せてあげたほうがいいわね。今日は暦の最後の日なのよ。明日から新しい一年が始まるの」

私はとても嬉しくなって、心の中であの古い小唄を歌い始めていた。

その晩、私たちは村の広場で行われる舞台を見に行った。最初に演じられたのはプフイの舞という名の短い踊りだった。それを見て、子どもだけでなく大人たちも楽しそうにしていた。

踊りはアップテンポの音楽で始まった。いろんな羽根がいっぱい付いた衣装を着た男が一人現れた。男は飛び跳ねるように歩いていた。自分の美しさを誇っているかのようだった。それから、鳥の格好をした他の男たちが出てきて、最初の男の周りで踊り出した。間もなく別の男が現れて、最初の男と話を交わしているような踊りを始めた。たくさんの羽根を付けた男は衣装から羽根を取り外して、もう一人の男に一本一本渡した。最後は一本の羽根もなくなってしまった。すると、受け取った羽根で着飾った男は、羽根を取り返そうとする男から逃げた。逃げた男は観衆の中に入り、人びとを笑わせた。人びとを捕まえては訊いて回った。

「怖がりはどこかにいるか？」

そう言いながら、子どもたちを怖がらせた。それを近くで見ている者たちはみんな腹を抱えて大笑いした。

プフイの舞が終わると、辺りは静かになった。たいまつの火が消され、別の演技が始まった。法螺貝の音が響くと、男たちが出てきて舞を始めた。それぞれに何かを表す衣装を身に着けている。

一人は赤い服を着て、火が燃え盛るような形の羽根飾りを被っている。広場の東側から出てきたこの踊り手は太陽の役回りだ。彼は素早い動作で舞台の中央まで進むと、腕を高く差し上げた後、羽根飾りを取り、それを振り回した。それが終わると、西の方へ移動した。そこにはジャガーの格好をした男たちが十三人いた。太陽が彼らのところに着くと、太陽とジャガーとの間で戦いが始まった。しばらく戦いの舞が行われた後、太陽の男はジャガーたちによって床に突き倒された。ジャガーたちは彼から羽根飾りを奪った。殺そうとしているようだった。最後は全員暗闇に消えて行った。姿は見えなかったが、戦いは続いているようだった。

戦いが続いている中、天の第十三層の主であるガラガラヘビが東側から現れると、太陽とジャガーの戦いの音が聞こえる西の方へ向かった。ガラガラヘビの後を赤い星とスズメバチの星が付いて行く。彼らの姿が見えなくなったかと思ったら、戦いの音も止《や》んだ。すると、白い星と足の長い星が舞台中央に現れた。彼らが纏っている衣装は暗がりの中で点滅する光を発していた。

太鼓が四回打ち鳴らされると、私には小夜を思わせる女が出てきた。その女が身に着けている衣装は彼女が着ているものによく似ていた。それに、頭にはお月様のような丸いものを付けていた。その女に続いて、サソリの格好をした人物が現れた。天の宝物を守る聖なる守護者だ。

さらに太鼓が二回鳴ると、今度はトカゲ星が顔を出した。この星は目の部分が点滅する衣装を着ていた。背中にはトカゲの星座の形をした模型を背負っている。また、トカゲの横には聖なるフクロウもいた。フクロウは天の十三層の六番目の層の守護者だ。

星たちの動きはゆっくりとしていた。身に着けている衣装は大きなものだったので、まるで星が歩いているようだった。衣装に気を取られていると、それを身に着けた生身の人がいることさえ忘れそうになった。その舞は、人を楽しませるというよりは、生きることについて、あるいは人間とは何かについて教えようとするものだった。

踊り手たちの着ていた衣装の明かりが段々と消えていくと、やがて彼らも暗闇の中に姿を消した。しばらくの間、舞台は静まり返っていたが、シュ・コーク〔ツグミ科の鳥パフムジツグミ。スペイン語でルイセニョールと呼ばれる〕の歌声のような音楽が聞こえてきた。すると太陽が出てきた。太陽の男が被った羽根飾りの炎は段々と大きくなっていく。それに合わせて太陽は嬉しそうに踊る。生きていることを誇示するかのように力いっぱいに飛び跳ねる。この演技を見ていた観客は拍手を送っている。私は体が震え、涙が出るのを堪えきれなかった。

私は今になってようやくこの舞台の意味が分かったような気がする。子どもの頃は連れて行かれて、それを眺めるだけだ。心が十分に熟したときでないと、その意味はきっと理解できないだろう。

あの場所であの舞を見た後、私の心は毎日震えていた。小夜が私に言ったことは正しかった。眠れるときに寝ておきなさい、音楽の響きを聞いたが最後、自分の心を眠らせることはできなくなる、と彼女は言った。私は一時も体を動かさずにはいられなくなった。あの歌や美しい言葉、それに舞を自分のものにしたかったのだ。

舞踏家たちの頭目

私の父の町に着いた時、私はまだ、私を自分たちの子どものように育ててくれた人たちのことを時々思い出していた。あの人たちのことは、決して忘れてしまったわけではない。だけど、新しい場所で楽しい生活を送っているうちに、寂しさは消え、心穏やかに生きることを覚えていった。

それでも、あの人たちと過ごした日々を思い出すことはあった。どうしても忘れられなかったのは、一番下の弟がハンモックから落ちた時にお父さんから叩かれたことだった。あれは思い出すだけで体が疼いた。

あの晩、私はロウソクに火を点し、お父さんだった人が寝ているところに行った。ロウソクの火で照らし出されたお父さんの顔を長いことじっと見つめていた。私は急に、私を叩いたお父さんに復讐してやりたくなった。ロウソクを横にして、熱い溶けたロウソクをお父さんの顔にかけた後、走って逃げて、暗闇に隠れてしまえばいいんだ。後は小夜が私を守ってくれるはず。でも、私は考え直して、そんなことをするのは止《や》めた。私は慌ててロウソクの火を消し、手探りでハンモックに戻った。

もう一つ、よく思い出したのは、私が自分のお母さんだと思っていた人が、服の洗い方を教えてくれた時のことだ。私はお母さんから弟のおしめを洗うように命じられた。

「ほら、弟のおしめを綺麗にしてあげなさい」

私はおしめを受け取ると、急いで洗った。もう十分綺麗になったと思ったところで、広げて干した。

ところが、私が干し終わったのに気がついたお母さんがやってくると、おしめを見るなり、全部下ろしてしまった。

「恥ずかしくないのかい？　こんなんで、よく顔を上げてられるね。これで綺麗に洗ったつもりかい？　お前は結婚して旦那さんを持った時に、旦那さんのパンツを汚れたまま干すつもりなのかい？　全く。お前はそのパンツで顔をゴシゴシされるよ」

「お母さん、その汚れ、落ちないのよ」私は言い返した。

「落ちるに決まってるだろ。ほら、もう一回洗って来なさい」お母さんは眉を吊り上げながら言った。

あそこでの生活は決して楽ではなかった。だけど、みんなのことを思い出すと寂しくなり、懐かしさが込み上げてきた。だって、十三年間も一緒に過ごしたのだもの。兄弟との思い出は数えきれないくらいある。薪取りに行かされた時のことは決して忘れない。私たちは帰り道、道草をして遊んだ。もちろん、家に戻ったら、みんなこっぴどく叩かれた。

私が本当の父の住む町に着いてから、実際に父に会うまでにはかなりの時間がかかったけど、私は何も心配していなかった。だって、私がそれまで暮らしてきた村での生活はもっと酷いものだったから。

むしろ、私が恐れたのはおばさんが私を使おうとするあの計画のことだった。おばさんは私を売って一儲けしようと企んでいた。だけど、私はそんな企みには乗らない。祭りの夜の舞台が済んでから数日後のある晩、おばさんは舞踏家たちの頭目に私を引き合わせようと、私を頭目の家に連れて行った。頭目が私の父であることを私は知っていたので、事なきを得たが、そうでなければ、おばさんの企みにまんまとはまっていたかもしれない。だって、頭目はとても素敵な人だったんだもの。いつもやっている舞のせいなのか、立派な体つきをしていた。あの晩、頭目は私の顔を一目見ると、それからずっと私を見ていた。後ろを振り向いておばさんを見ると、おばさんは揉み手をしていてもおかしくないほど嬉しそうな顔をしていた。

「やったわ」そう思っているに違いない。

でも、おばさんのことなんか、どうでもいい。私の心には私の母をとても愛してくれた人への愛が芽生えていた。その人が母を愛してくれたおかげで、私はいまここにいる。しかも、私たちはこれまで一度も会ったことはなかったけど、父はきっと夢の中で私に会っていたのだ。

祭りが終わってからまだあまり時間の経っていないある日、おばさんの旦那さんが誕生日を迎えた。誕生日のお祝いの席に頭目も呼ばれていたのだけど、頭目は姿を見せなかった。すると、おばさんが私に言った。

「舞踏家の頭《かしら》は来なかったから、あんた、うちの娘と一緒に少し料理を持って行ってくれるかい。だけど、すぐに戻るんだよ。代わりに何か渡されそうになっても、受け取っちゃ駄目だよ。親に怒られるからと言って、断りなさい」

　私を泊めてくれていたおばさんは私に文句ひとつ言っていなかった。私も努めてお手伝いをするように心がけていた。言われなくても、いろんなことをやった。しかも、私は手際の良さで彼女を驚かせさえした。

「分かりました」私はそう返事をして、娘さんと一緒に出かけた。

　舞踏家たちの頭目の家に着くと、舞の練習が行われていた。頭目は舞台への入り方や舞台上での演技の仕方などについて指示を出していたが、私たちの姿を見るや否や、私たちの方に走ってやって来た。

「誕生祝いに用意した料理を少しお持ちしました」私は唇を震わせながら言った。

「わざわざどうもありがとう」そう言って、私たちが持って行ったものを受け取ると、それを奥の方に仕舞いに行った。

　そして、また戻って来て私たちに訊いた。

「あなたたちのご両親は誰だい？」

「私には親がいません」私はそう答えた。

頭目は言葉を失ったかのように、しばらく黙り込んでしまった。

「今やっている舞に加わってみないかい？」と頭目が訊いた。

「分かりません。踊ってみたいのはやまやまですが、その前に覚えないといけないことがたくさんあるはずだし」私はそう答えた。

「確かに一晩で覚えるのは無理だ。毎日たくさん練習しなきゃいけない。それに、踊り子の仕事は基本の練習をして、実際に演技をして、日々学んでいくことだ。体だけじゃなく、心だって鍛えていかないといけない。私がこんな難しいことを言うのは、君の顔を見てると、昔のことを思い出すからなんだ。いろんなことが蘇って来るんだよ。君に初めて会ったあの日から、すっかり忘れていた記憶が蘇ったんだ。君の顔には、かつて私がとっても愛した女性の面影がある」

頭目が話している間、私の横では、私に付いて来たおばさんの娘が私を肘で突いて合図を送っていた。

「ほら、帰りましょうよ。怒られちゃうじゃない」

私は彼女に促されるかのように、練習はまた別の日にし、今日は帰ります、と頭目に伝えた。実際、彼女は正しかった。私がお世話になっている家に戻ると、私たちは叱られた。

「遅くならないようにって言ったでしょ。一体、どこに行ってたんだい？」

そう言うと、おばさんはトウモロコシの入った枡と豆の入った枡を持って庭に出ると、それらを一か所にひっくり返した。

「選り分けなさい。元あった枡にちゃんと入れるんだよ」おばさんの命令だった。

私たちは一緒に、言われた通りにした。あの家の習慣では、子どもをこっぴどく叩くようなことはしない。罰を与えるにしても、叩いたりしないのだ。私たちがすべきことを終えたところで、おばさんが言った。

「さあ、言ってごらん。一体誰があそこでゆっくりしようなんて考えたんだい？　あんたたちには料理を持って行くことだけを頼んだんだ。たったそれだけのことに、なんでこんなに時間がかかるんだい？」

「フロールよ。フロールが舞踏家たちの頭と長話をしたの」おばさんの娘が答えた。

「そう、分かったわ。それなら、仕方ないわね。いいでしょう」おばさんは声を和らげて言った。

私はもう何週間か彼女たちと一緒に生活していた。何か悪いことをしてやろうと思ったことは一度もない。その家の人たちの悪口を言ったこともない。だけど、私を売って一儲けしようと考えているのだと思うと、全然いい気はしなかった。

あの件があってから、おばさんは何かと口実を見つけて私を頭目の家に行かせようとした。最初は娘さんを一緒に行かせていたが、段々と私一人で行かせるようになった。

私は父の生活に溶け込んでいった。踊ることとの意味も私の頭の中にうまく嵌まりだした。一方、父は私がどういった過去を持つ人間なのかに薄々気づいているようだった。もうこれ以上我慢できないと思った私は、心の中に仕舞っておいたことを洗いざらい喋ってしまった。

舞台の練習をしている人たちが輪になって座っていた。輪の真ん中にいる私の父がみんなに向かって言った。

「みんな、心を開いて自分をさらけ出すんだ。大きく開けば大きく開くだけ、新しい歌や新しい舞のアイデアが浮かぶ。この舞では愛を表現しようじゃないか。大地の恵みを表す愛みたいな。人びとに何かのメッセージを伝えられる愛にしよう」

頭目の言葉を聞いていた私は、他の舞子たちと同様に、どうやれば自分の考えをうまく表現できるかを考えた。ちょうど夕闇が迫ってくる時間だった。わたしは以前一緒によく話をした夜の女を思い出した。彼女の顔を思い描いたまさにその時、建物の向こうに彼女の影が現れた。二匹の蛍が耳飾りのように点滅していた。するとあるアイデアが私の頭に浮かんだ。その時にできた舞が、今でも踊っている蛍の舞という踊りだ。

明かりを持った女の子たちが舞台に出てきて、明かりを見せたり隠したりする。それによって、暗がりの中では明かりが点滅するように見える。すぐに男たちが出てきて、蛍役の少女たちを追いかける。彼らが飛び跳ねると、まるで蛍が飛び交うように、暗がりの中を明かりが舞う。彼らは舞台上をいっぱいに飛び回る。集まったり、離れたりを繰り返したのち、明かりが一斉に消える。

その舞のアイデアを説明し終わると、父が私を呼んで訊いた。

「お前はフロール・デル・シエロと何か繋がりがあるのか」

「私の母です」私は正直に答えた。

「やっぱりな。言わなくても、そうだと思った。お前が言ったのと同じ舞を彼女もやりたがっていた。実際に舞台で演じられることを夢見ていた。若くして死んでしまったけど、彼女は世界のことをよく知っていた。なんでもよく調べて、観察していた。物事の道理を知ろうとしていたんだ」

それを聞くと、私はいつも話をしていたあの女の方を振り向いた。目が合ったと思ったら、彼女の姿は暗闇に消えた。

その晩、父は、私が泊めてもらっていた家に行き、私を引き取りたいと申し出た。

私は年を追うごとに、舞の技能も、仲間たちへの指示の出し方にも熟達していった。たくさんの人の前で話すことに対する恐怖心も消えていった。私は父と一緒に幾度も踊った。自分たちの舞を披露しに、よその村に何度も一緒に出かけた。

ある晩、私はあの女の人と会って話がしたくなった。ところが、彼女はどうしても姿を現さなかった。出てきてくれるよう、小さな声で名前を呼びながらあちこち歩き回った。でも、なかなか出てきてくれなかった。

「ここよ、フロール」大きな声が響いた。

「ここよ、フロール」今度は消え入りそうな声がした。

私を呼ぶ大きな声と小さな声が聞こえたので、私はコオロギの鳴き方を思い出した。コオロギはどこにいるのか知られないようにするためにそんな鳴き方をするのだ。

私は慎重に辺りを見回した。そしてようやく、父の家の入口のところに植えられた木の枝に腰かけている彼女を見つけた。

「お父さんの愛情を勝ち取ったようね」彼女が私に話しかけた。

「そうみたいです」私は返事をした。

「こっちにいらっしゃい。あなたのお父さんがどんな夢を見ているか、ちょっと覗いてみましょ」

「そんなことできるの？」

「もちろん、あなたが願うだけでいいのよ」彼女はそう言うと、私の手を取ると、自分の背中に私を背負った。すると、女は鳥に姿を変え、父のハンモックのそばまで飛んで行った。

「目を閉じて」彼女がそう言うので、私はその言葉に従った。

目を開けると、私たちは父の夢の中にいた。夢の中は昼間だった。小夜はいつも自分の顔を隠しているレボソを段々と下げていった。その時初めて私は彼女の顔を見た。肌は透明で、長い髪をしていた。髪は三つ編みだった。彼女の顔を見た父は、すぐに彼女を抱きしめ、彼女の額にキスをした。

「生きてたんだ。生きてたんだね」父は叫んでいた。

「もちろん、私は生きていますよ」

「でも、どこにいたんだい？　ずっと姿を見せなかったじゃないか」

「私は夜だけ出歩けるんです。でも、いろんなことができるようになったの。あなたの夢の中に入ることも、それに私たちの娘の夢の中にだって入れるようになったの」

「何言ってるんだい？　でも、そんなことはどうでもいい。二人とも生きてたんだから」

「この子をあなたのところによこしたのは、実は私なの。お願い、彼女の面倒を見てあげて。ちゃんと食べさせて、大事にしてあげてね。彼女を大事にしてくれない人から引き離して、あなたのところに連れて来たの。だから、大事にしてあげて」

「もちろんだよ。私の娘だということをみんなにも知ってもらおう」父はそう言った。

父との話が終わると、小夜は私に向かって言った。

「あのね、私はあなたのお母さんなの。私がフロール・デル・シエロよ」

私は母を力いっぱい抱きしめた。母は私が抱きついている間、キスをいっぱいしてくれた。私たちがどうやって父の夢の中に入ったのか、私には分からなかった。父の夢の次は別の人の夢の中だった。昔の両親の夢だった。昔の母の夢の中では、彼女と話をした。

「お前、どこ行ってたんだい？」

「弟のことでお父さんに殺されるんじゃないかと思うと、怖くて、逃げることにしたの」

「そんなことじゃないかとずっと思ってたんだよ。お前がいなくなったのは」

「ええ、そうなの、お母さん。でも、本当のお父さんの家を見つけたの。夢の中で本当のお母さんにも会えたわ」

「幸せなら、今いるところにそのままいなさい。その方がずっといい生活ができるよ」

お母さんが私を抱きしめてキスをしてくれたので、私はその場を離れた。

昔のお父さんの夢に入った時は違った。私を見るなり、何か叩く物を探し始めた。

「お前のせいだ。この役立たずが。お前の母親は俺に悪さばかりする。お前のせいで俺はいつも悪者扱いだ。今度こそお前をぶん殴ってやる」

そう言うと、私に襲いかかってきた。でも、夢の中のことだから、私はするりと身をかわした。お父さんは弾みでそのまま地面につんのめった。

「くそがき。お前は俺の夢の中にまで出てきやがるのか」お父さんはとても怒った口調で罵った。

結局お父さんには、元気にしていることを言いそびれてしまったし、会えたことを喜んでさえもらえなかった。兄や弟たちの夢の中ではくつろげた。昔一緒にしたいろんな遊びやたわいない思い出話をした。みんな、私がいなくて寂しそうだった。

私は本当の父との新しい生活を始めてから、新しいことをたくさん学んだ。私のことをワーチと呼ぶ者はもう誰もいなかった。

私の本当の母が誰なのか、私が育った家ではなぜ私は大事にされなかったのか、その理由が分かった時、自分は一羽の七面鳥に預けられた鶏の雛のように思えてきた。七面鳥は卵を産んだ後、卵を抱いて温める。もっとも、全ての卵が孵《かえ》るわけではない。七面鳥が卵を抱いてから一週間後に鶏の卵を一緒に抱かせてやると、鶏の卵も七面鳥の卵と一緒に孵る。どっちも同じように育つが、七面鳥の雛はいつも鶏の雛を除け者にする。鶏の雛は大きくなっても、自分の親が少し違うことは分かっていても、付いて回る。七面鳥の雛が常に一番であることを知った鶏の雛は口をつぐむようになるのだ。

父の町に移ってから、私は夢をよく見るようになった。夢は私にとっても大切なものになった。夢を見ることで私の生活は完成する。昼間は父と楽しい時間を過ごし、夜は夢の中で母に会う。三人で一緒に居たいときは、母と私が父の夢の中に入る。そうすればみんなで楽しく話ができる。

夢を育ててもらう日々には終わりがある。夢はいずれ羽ばたき、高く舞い上がろうとする。どこかへ行っても、何かに食べられずに帰って来られたら、夢は大人になったということだ。夢はやがて別の夢と繋がり、たくさんの子どもを産むだろう。それが喜びとなって世界を飛び回るのだ。

私が育てられたのは父の腕の中だった。父と一緒に踊る中で、地面を踏み鳴らすときには自分の両親という地面を蹴り、また腕を空に向かって伸ばすときには自分と自分の村に対する救いを求めていることを学んだ。

二十歳になった時、私は自分の命を繋ぐ人と出会った。二十歳になって、暗闇の片隅で行われることを知ったのだ。毎月命が女にくれる贈り物を受け取ることの意味を理解した。二十という歳が私にいろんなことを教えてくれた。

私たちは来る年も来る年も祈り続けた。体も捧げ続けた。この世の神々を喜ばせるための唄を歌い続けた。だけど、私たちにも悲しみがあった。喉の渇きや飢えを耐え忍ばねばならない時もあった。

ある日の正午頃、私は夫の食事を準備するためにトウモロコシの実を碾《ひ》いてマサにしていた。すると、空で突然異様な音がしたかと思うと、辺りが急に暗くなった。

「お母さんが来るまでにはまだ時間があるはずなのに」私はつぶやいた。

私は立ち上がり、何が起きたのか確認しようとした。すると、目に入ったのは町全体を覆い尽くさんばかりのイナゴの大群だった。イナゴは自分たちの行く手にあるものは全て、その葉っぱをあっという間に食い尽くしてしまった。後に残ったのは丸裸になった幹と枝だけだった。飛び回りながら交尾をしたかと思うと、イナゴは子を産み、そのイナゴはまた次のイナゴを産んだ。

村は二週間にわたって静まり返った。その間、お腹が空いているのに、村人はそれを我慢するしかなかった。死を眼前にした心臓はそれに抵抗するかのように鼓動し続けた。結局、何事も理由なくして起こるわけではない。些細に思えるつまらないことでも大切にすべきことを、人間は学ばねばならないのだ。あの日の経験から私たちは、人間は空腹を満たすためだけに食べるのではないし、腹いっぱい食べればそれでいいという訳ではないことを学んだ。満たすべきは私たちの魂なのだ。

村が生き返るまでにはたくさんの日数が必要だった。ところが、それから間もなくして、ハリケーンがやって来て、村の中の木々をたくさんなぎ倒してしまった。屋根を吹き飛ばされ、破壊された家もいくつもあった。だけど、それも決して悪いことばかりではない。それは人間が強くなるために神様がお試しになっていることなのだ。そうやって、村人の心は強い力を取り戻し、生きることの喜びを知る。そして、正しく生きることを覚えるのだ。

私たちは小屋を建てトウモロコシの実の付いた穂を貯蔵しておくことを覚えた。そうすれば、何が起ころうと、私たちが食べ物に困ることはない。

この経験を通じて、私はずいぶんと昔に母から学んだあの歌をみんなにも教えたいと思うようになった。

お母さん蛇は体を引きずり、自分の体を石やかずらに擦り付け、古くなった皮膚を取り除く。そうやって、この世に暮らす中で引きずってきたものを脱ぎ去る。古い殻は流れゆく風にどこへなりとも運んでいってもらう。人間の生き様は舞の一場面のようなものだ。自らの起源を思い出すため、日々大地を蹴って飛び上がらねばならない。私たちは毎日空に向かって手を伸ばさねばならない。それは神に何かを求めるためではなく、感謝するためだ。大地は人間に必要なもので出来ていることを思い出そう。その多くはすべて人間が自らの命を更新していくためのものなのだ。だから、木が一本倒れたとしても、別の木が生えてくるのを待てばいい。その木はやがて、人間に生きる喜びの踊りを舞う涼しい木陰を作ってくれるはずだ。

大地は目まぐるしく変化する。人間はその変化を見逃さないように、大地をよく観察していないといけない。変化が起こることを恐れてはいけない。自分の中にある勇気に火を点してその日が来るのを待とう。「あなたはもう、学ぶべきことを全部きちんと学んだようね」ある日、母が夢の中で言った。

「どうしてそんなことを言うの？」

「あなたはちゃんと生きられるようになったわ。自分の明かりを点して、あなたと結ばれる蛍もちゃんと見つけた。だから、あなたは今や、世の中に送り出す次の明かりを宿す準備ができたの」

「分かってるわ。でも、それがそんなに簡単でないことも知ってる」

「あなたは私が産んだたった一人の娘。子どもを産むのはとても痛いものよ。でも、怖がる必要はない。気を強く持つの。お腹の中の子は自由に踊らせなさい。生まれる前に十分に歌わせるの。あなたが生まれてくる命を愛していることを知らせてあげれば子どもは喜ぶ。そうすればいいの。私を喜ばせて頂戴……」

母の声は段々と小さくなり、聞こえなくなっていった。そして、母の声が完全に聞こえなくなった時、私はお腹の中で一つの命が動き出したのを感じた。

最初の子が生まれると、私はその子に私が学んだことすべてを教えた。母は孫の顔を見ると、それ以来、私のところにはあまりやって来なくなった。誰よりも喜び、そしていろんな行事を計画したのはいつも父だった。私はそれに応えるべく、たくさんの舞台を考えた。その中で私は村の人たちに人生における教訓を伝えようとした。

あの頃、村の人たちはみんな広場で行われる舞台の、舞だけでなく、台詞も全部知っていた。内容は頻繁に変わるにもかかわらず、誰しもが全部覚えていた。だが、人間の寿命はロウソクのようなもので、少しずつ溶けて、やがて消えてしまうものだ。

最後の舞

太陽が西の空に飲み込まれるとすぐに、鳥たちのもとに近づく女がいる。鳥たちは喜びの声を上げ、寝床となる巣を探す。そして、その巣の中で、この偉大な女が統べる舞や歌、夫婦の契りを堪能する。

人間は目にするどんなことからでも学びを引き出せる。ある日、私は巣から落ちた小さな鳥の雛を見つけた。母鳥が必死になって雛を巣に上げようとしていた。雛はすでに大きくなっていて重いため、どんなにやっても、だめだった。それでも、母鳥は自分の子どもを助けるべく、囀《さえず》っている。私が近づくと、母鳥は宙に飛び上がった。

「心配しなくていいのよ。私は雛を巣に戻してあげるだけだから」

でも、私の言葉が分からない母鳥は、私に何かを言いたそうに羽ばたきながら、私がすることを見ていた。私は雛鳥を手のひらに載せ、やっとの思いで木に登り、巣のあるところまでたどり着いた。ところが、巣を覗き込むと、私はあるものを見て思わず枝から落ちそうになった。巣の中にいたはずのもう一羽の雛鳥は大きな蛇が飲み込んでしまっていた。忌々《いまいま》しい蛇は私を見ると、舌なめずりをした。私は、どれだけ苦労して登ってきたかなどすっかり忘れて、雛を摑んだまま慌てて木から降りた。雛を地面に置いてから、母鳥に言ってやった。

「助けてあげたかったんだけど、できなかったわ」

「何もしなくてよかったんだよ。私は私なりにやろうとしてたことがあったんだ」驚いたことに、母鳥が私に向かって答えた。「蛇が近づいて来るのが目に入った時、私は雛の一羽を巣から放り出したんだ。下でどうしているかを見に降りてきただけなんだよ。すると、あんたがやって来た。雛を摑んで何がしたかったのか、私には分からない。私は巣に戻るつもりはもうない。もう一羽はどうせ食われちまってるからね」

私はしばらくの間、この時のことについて考え続けた。実際、どんなことにもそれなりの理由がある。父にこのことを話すと、父はこう言った。

「心配するな。よくあることさ。この世界に生を受けたものは必ず死ぬ時が来る。どう足搔いたって、死を免れることはできないんだ」

他にこんなこともあった。ある日、地面を這っている毛虫を見つけた父が、私を呼んで言った。

「こっちに来て見てごらん」

「何？」

「よく見ててごらん」

毛虫は行く先や近くに何があるかなどお構いなく、ひたすら前に進んでいた。これから道を横切ろうとしているらしいのだが、ちょうど真っ昼間で、太陽はかんかん照りだった。

「誰かに踏まれて死んでしまうかもしれないし、そうでなければ太陽の焼け付くような暑さで死んじゃうわ」私は言った。

「まあ、慌てるな。何が起こるかなんて誰にも分からん。道を渡って死ぬことが分かっていたら、誰も渡りやしないさ」

私たちがそのまま毛虫を眺めていると、どこからともなく雲が出てきて、太陽を覆ってしまった。毛虫は進む速度を上げた。毛虫が道を渡りきる頃、太陽を覆っていた雲が通り過ぎ、日が差し始めた。太陽が再び顔を出した時には、毛虫はすでに道を渡り終えていた。しかも、幸いなことに、毛虫が道を渡っている間、やって来る人は一人もいなかった。

「やった！　渡った！」私は思わず手を叩いて喜んだ。

「いや、待て」父が言った。

すると、どこからともなく一羽の雄鶏が現れて、毛虫をくちばしでくわえて一飲みにしてしまった。

「生きるとはこんなもんだ。助かったと思っても、予期せずして、魂を天に、そして体を大地に捧げる日が必ずやって来る。そんなものさ。今日、私たちは生きているが、明日はどうなるかなんて誰にも分からん」

父の言ったことは正しかった。誰も予期していない時に、びっくりするようなことが起きた。

ある日、父と話していた時、私は自分が死ぬときまでに何をなすべきかを悟った。

「私は最近よくお前の母さんの夢を見るんだ」

「どんな夢なの？」

「とっても若い顔をしてるんだ。彼女は何年経っても変わらない」

「なにか言ってた？　私、もうずいぶんとお母さんの夢は見てないの。また、お母さんに会いたいわ」

「そうだね。でももう会えないだろうね。お前はお母さんが死んだ時の歳を過ぎてしまったから、もうお母さんには会えないんだよ」

「どうして？」

「自分の娘が自分よりも年上になった母親なんてお前会ったことあるかい？」

「いいえ」

「つまり、そういうことさ。私は母さんについて行こうと思うんだ。老人といっしょだと母さんが可哀そうだろ。今でも私を愛してくれている。夢の中では一緒にあちこちに出かけるんだ。昔一緒に過ごしたときのようにね。一緒にやった舞も踊ってみたりする」

「本当にお母さんと行っちゃうの？」

「そうだよ」

「私は？」

「お前はここにいるさ。私はお前に舞の大いなる種を預けた。お前はこの世でそれを増やすんだ。舞踏家の頭目としての役目はこれまで私にあった。お前は私の子だ。これからは、お前がそれ引き継ぐんだ。それは他の誰にもできないことなんだ」

「私、父さんたちと一緒に行きたい」

「いいか。私たちは、お前をこの世に送り出すために神様が必要とした道具でしかない。一つの手段なんだ。私たちは命を送り出す種なんだ。種は地中に埋めてやらないといけない。そして、死の舞を舞ってやらねばならない。生き残った種が地上に芽を出すんだ。やがて木となり、大きく育つと、実を付ける。実をいっぱい付けるのは、生まれて来たものの宿命なんだ。そのために勝ち残ったんだから。だから、考えてごらん。

この世を去る者は、単にいなくなるんじゃない。自分のことを考えてごらん。お前だって、いずれはこの世を去る。その時の準備はちゃんとしとかなきゃいけない。お前には決して難しくはないはずだ。お前はそのための準備をこれまでしてきたんだ。お前は進むべき道を間違うことはないよ」

「じゃあ、私はお父さんがお母さんと一緒に幸せになれることを祈ってるわ。お母さんによろしく言ってね。私を忘れないでって言って。一年に一度でもいいから会いに来てくれるように言って。でも、お母さんと一緒にいるんだったら、お父さんも一緒に来てよね。お願い」

「分かった。心配するな。いつもお前のことを思ってるから」

二人で話をしたその晩、床に就いた父は二度と目を開けなかった。父の旅立ちの理由はすでに話してもらっていたので、私はそれほど悲しまなかった。これでいいのだ。母のところに行って、幸せにしているに違いない。私はそう思った。

私は死の舞と名付けた舞を村で披露した。その舞にはきらびやかな衣装を身に着けた男が登場する。死の神だ。手には先の尖った棒を握っている。死神の隣にはもう一人別の男が嬉しそうな顔をして立っている。音楽が始まると、二人は戦いを始める。お互いに力いっぱいに殴り合う。この戦いの舞は延々と続く。どちらが勝利するのか見当もつかない。戦いは常に異なる様相を呈する。男が打ち勝って死神の頭を踏みつけているかと思えば、死神が男を打ちのめしてどこかへ運んでいく。私が舞をそういった振り付けにしたのは、実際に死との戦いとはそのようなものだからだ。

死の舞の歌はこうだ。

人間は夜、生まれる。暗闇の中、食べ物を求め、四つ這いになって地面をさまよう。人間は夜、生まれる。暗闇の中、木の枝から産み落とされる。暗闇の中、魂を与えられる。そして、暗闇の中を歩き出す。後ろを振り向かずに歩き続ける。

この歌を作って以来、私はずっと歌い続けている。自分の最期がいつやって来るのかは分からないけど、それまでは歌い続けよう。私の口から出てくる言葉は、いずれロウソクのように溶けてなくなるか、強い風が吹いてきて、掻き消されてしまうのだから。

解毒草

アナ・パトリシア・マルティネス・フチン

解毒草　主な登場人物……………………………………………

ソレダー（・カフン・ツィブ）
女たちの物語を書き記す女性。

＊

ドニャ・フィデリア（・シウ）
薬師のおばあさんでトゥシットという孫がいる。

トゥシット
ドニャ・フィデリアの孫でいたずら好きの男の子。

ドニャ・アルマ・サグラリオ（・ピシャン・オル）
有名な霊媒師で病気治療や失せ物探しを行う。

ドニャ・コンセプシオン（・ヤー・シヒル）
村のほとんどの人を取り上げてきた産婆。

ドニャ・レメディオス（・ツアブ・カン）
蛇使いの女。子どもたちから畏れ敬われている。

ビルヒニア
売春宿《テ・ツィース》の娼婦（＝狂女《シュ・ローカ》）に憧れて娼婦となる。

ドニャ・ブエナベントゥーラ
売春宿《テ・ツィース》のママさん。

〝彷徨〟（シュ・サータ・オーオル）
男に財産を騙し取られた後、男装をするようになった女性。

ドニャ・カリダー（・ター・オツィル）
物乞いをして歩く老婆。自らシュ・カロ（高嶺の花）と名乗る。

ドニャ・シュ・コーオク
耳の聞こえない老婆。

フレネシー

話してあげよう
私が実際に見たことを

チュルン、チュルン、チュルン。真夜中を過ぎても、小雨がしとしとと降り続いていた。時折、遠くで闇を突き破る稲妻が走る。蛙の声も聞こえてくる。レク、レク、レクと鳴く蛙、ウォー、ウォー、ウォーと鳴く蛙。明け方になると、一瞬静かになったかと思うと、再び様々な音で辺りはざわざわする。暗闇からは光がこぼれた。

みすぼらしい家の入口には雑種犬が一匹、主人の安眠を守っているかのように腹ばいになっている。目は閉じているが、耳は立ったままだ。人間には見えないが、犬だけには見えるものがやって来る時期だった。霊魂が大挙してやって来るのを感じ取った犬は、突然吠え始めた。ハウ、ハウ、ハウウ。犬は確かに何か恐ろしいものを感じ取っている。

ソレダー・カフン・ツィブは犬の吠え声を聞いて目を覚ました。ハンモックから起き上がると、擦り減った自分のサンダルを手探りで探して履いた。犬のところへ行くと、頭をなでてやった。そして、犬の鼻面を軽く押さえながら、犬の目やにを取って、自分の目に擦り付けた。ヒリヒリするような痛みは特になかった。ただ、ちょっとした違和感を覚えたが、そのままじっと、時間が経つのを待った。

ソレダーは壁の隙間から外の様子を窺った。よたよたと歩きながらやって来る老婆たちの霊が目に入った。ドニャ・フィデリア・シウは薬草を入れたサブカン〔上辺が開いた四角い肩掛けバッグ〕をぶら下げている。ドニャ・コンセプシオンはレボソを引きずりながら早足で歩いている。ドニャ・アルマ・サグラリオは何やら口走っては嬉しそうにしている。ドニャ・レメディオスはレボソの代わりに大きな蛇を首に巻きつけている。ドニャ・ブエナベントゥーラは大声を出して笑っている。いつもお恵みをと言っていたドニャ・カリダーはやっぱりゆっくりと歩いている。耳の聞こえないシュ・コーオクは薪の大きな束を背負っている。気の抜けたようなシュ・サータ・オーオルはみんなから離れて歩いている。

ソレダーは彼女たちに声をかけようと思った。だが、声が出ない。目の当たりにしていることを書き記そうと思ったが、書くものがない。そこで、椰子の葉で葺いた屋根から茎を一本抜き取り、アチオテ〔ベニノキの種から作った着色料〕を溶いた水にその先端を浸すと、自分のペチコートを脱ぎ、自分の目の前で起きていることを白い生地に書きつけた。だが、その前に心の中でこう呟いた。

神様
まず最初に
一つお願いします
心から
あなたの子の願いを叶えて下さい
神様

神様
お願いです
私に書くことをお許し下さい
私の目の前で起こることを

神様

神様
私の目の前でいろんなことが起きています
私にそれを語らせて下さい
神様

トゥシットのおばあさんこと薬師フィデリア・シウ

ある種の薬草は子どもには、
蜜蜂の幼虫にとっての
ローヤルゼリーと同じだ

「おばあさん、どうしてその草を抜いちゃうの？」

「あたしの薬草を台無しにするからだよ」

「じゃあ、おばあさんも薬草を台無しにしてるんだ？　だって、おばあさんも草《シウ》じゃん」

「つまらないこと言うんじゃないよ。そんなこと言ってたら、舌にイラクサの汁を塗ってやるからね」

「嫌だ。おばあちゃん、やめて。ただの冗談だってば」

「ほら、そこにバケツがあるだろ。それであたしの草にあげる水を汲んどいで」

「引っこ抜く草もあれば、水をやる草もあるんだ」

「何だって？　いい加減なこと言うんじゃないよ」

「なんでもない。おばあちゃんは素敵だって言ったの。それだけ」

ドニャ・フィデリアばあさんは自分の家の前にチャクシキン、シュテス、シュパフル、チクムル、シュカナアン、シュツムヤーといったきれいな花を植えていた。そして、その先の中庭の一角には、薬草として使うルーダとバジルを柵で囲って植えている。それは赤ん坊が罹る邪視病《マル・デ・オホ》と「ひよめきズレ」を治すのに使う。これらの病気を治すのにはこの二つの薬草で十分だ。彼女は毎日雑草を抜きながら、薬草に話しかける。そして、井戸から汲んだ冷たい水をかけてやる。

おばあさんはトゥシットという名の幼い孫と一緒に住んでいた。彼女のたった一人の身内だ。孫が一緒にいてくれることで彼女の心は安らぎ、人に優しくもなれた。そして何よりも自らの老いの慰みになった。質問攻めにされることはあっても、孫が元気で楽しそうに、日々成長していくのを目を細めて眺めていた。数日前、二人して馬に乗って村に戻ってくる途中のことだが、馬の歩みに合わせておばあさんの干からびた乳房が揺れて胸にあたり、音を立てていた。すると、その音に気づいた孫が彼女に訊ねた。

「おばあちゃん、ラーラーっていう音が聞こえるんだけど、何の音？」

「お前のきんたまじゃないか、馬鹿。お前のきんたまだよ」いつも気の利いた答えができるわけではないのだが、そのとき、おばあさんは咄嗟にそう答えた。

ドニャ・フィデリアは自分の孫だけでなく、子どもは誰でも好きだった。だから、子どもの病気を治してやる時は、お金を取らなかった。「あんたがくれるもので十分さ」彼女は子どもを連れてきた親たちに向かっていつもそう言っていた。

数センターボ〔一ペソの百分の一〕のお金しか置いていかない者もいれば、代わりに鶏や七面鳥、あるいは子豚をくれる者もいた。だが大半の人は「どうもありがとうございます」というお礼の言葉を述べるだけだった。彼女はお金を受け取ると、それで板チョコや砂糖、パン、ロウソク、石鹸などを買った。治療費の代わりにもらった動物は食べてしまわず、お祭り用に、あるいは何か困ったことがあった時のために自分で育てて大きくした。普段孫と一緒に食べているのは豆とトルティージャ、そして唐辛子だけだった。

おばあさんは自分でも鶏と七面鳥を飼い、雛を育てていた。雌鳥が病気になると、お尻から小指を突っ込んで、中で卵が潰れていないか調べた。雄鶏は去勢した。お尻の下の方を少しだけ切開して、切り口から人差し指を突っ込み、精巣を引っ張り出す。そして、それをひげ剃り用のカミソリで切り取る。後は傷口が塞がるように、針と糸で縫い、薬を塗ってやる。助けが要るときは孫に頼む。特に、去勢した雄鶏を鶏小屋に入れるのは孫の仕事だった。去勢をしたせいで弱ってしまったのがいれば、潰して食べた。だから、孫はおばあさんが目を離している隙に鶏小屋に行って、去勢した雄鶏のどれかを適当に選んで頭を棒でガツンと叩いてしまう。殺した鶏を摑むと、おばあさんのところへ走って行って、大声でこう言う。

「ばあちゃん、ばあちゃん、鶏が死にそうになってた」そう言いながら雄鶏を差し出す。

「あれ、まあ。しょうがないねえ。こっちに持っておいで。料理しちゃおう」老婆はそう応えるのだ。

「わあい。おいしいの作ってね」トゥシットは早くも、火にかけられた鍋から立ち上がる匂いを想像しながら、大喜びする。

料理した鶏を食べながら、老婆は笑っている。孫に腹を空かせるわけにはいかないのだ。

老婆は孫を立派な大人にしてやろうと頑張っていた。だが、自分には十分な金がない。しかも、自分に残された時間はもうわずかだ。だから、自分に万が一のことがあったときのために、助けてくれる人をすでに見つけていた。特に、孫のことをいつも気にかけてくれている、孫の洗礼式で洗礼親になってくれた人は頼りになりそうだった。その女性が何の知らせもなく、ある日突然二人の家にやってきた。

「お前の代母さんに出すジュースを買っといで」おばあさんがトゥシットに命じた。

子どもは店に走って行った。家に戻ると、瓶の栓を抜いていることに気づかれないように、くしゃみの真似をしながら、瓶の栓を抜き、ジュースを一口飲んだ。それから、おばあさんがいつもやっているように、ジュースの瓶に水を継ぎ足して、元々入っていたのと同じ量にした。

「ほら、早く、代母さんにジュースをお出ししなさい」おばあさんが急かした。

トゥシットはジュースを持ってくると、真面目な顔をして代母に言った。

「おばちゃん、僕、ジュースに水は入れてないからね」

「糖分を減らすために私は水を入れるんですよ。私、糖尿病持ちなものでで」老婆は恥ずかしそうな顔で慌ててトゥシットの言葉を補った。それからすぐに代母を食事に案内した。

「豆のカバシュ煮〔豆だけのスープ〕を食べて行かれませんか。健康にいいっていう話ですし」

食事に誘うと言っても、それしかなかった。トゥシットは何か言おうとしたが、おばあさんのきつい視線を感じて言うのを止《や》めた。

代母が帰ろうとすると、トゥシットが生意気なことを言った。

「おばちゃん、今度来るときは、前もって知らせてよ。鶏を料理してお
くから」

「私はカバシュ煮の豆が好きなのよ」と代母は言った。

「分かった。でも、おばちゃんが来るときはいつもお祭りみたいなものなんだ。だって、いつもおみやげを持って来てくれるでしょ。今度はおもちゃと服をちょうだい。おばあちゃんにはね、なにか食べ物」

代母はもう何も言わなかった。ただ、男の子を黙って見つめていた。

どこにでもいる子どもだ。悪気のないいたずらっ子そのものだった。

トゥシットはまるでいたずらがいっぱい詰まった籠だ。そのことで、彼自身何度も酷い目に遭っている。たとえば、ある日の午後、草むらで蝶を追いかけ回し、捕まえては殺していたのだが、気がつくと、赤ダニが股間に群がっていた。おばあさんはヤシの木を細く割いた棒を使って、その小さな虫を一つひとつ取り除いてやった。全部取り終わると、卵の殻をすり潰した粉を刺された痕に振りかけた。自分のハンモックに子どもを入れ、抱きかかえて横になると、話しかけた。

「気分はどうだい？」

「赤ダニは酷いよ、ばあちゃん」トゥシットはその時ばかりは泣き言を言った。

「しーっ」老婆はトゥシットの口を指で塞ぎながら言った。「耳を澄ましてごらん。あの鳥はなんて歌ってる？　自分の名前と色を言ってるだろ。私は赤っぽい鳩ツーツイ《カンカブ・ツーツイエン》、私は赤っぽい鳩ツーツイ《カンカブ・ツーツイエン》〔カンカブ・ツーツイという鳥（カワラバトの一種）の鳴き声〕」

「自然はなんでも教えてくれるんだ」老婆は続けた。「ただ、私たちが理解しなきゃいけない。たとえば、犬が丸くなって寝ていると、みんな言うだろ。今日は犬も尻が寒いんだ、って。つまり、それは寒くなることを知らせているんだ。イグアナが高いところに登っていたら、それも寒くなるからなんだ。イグアナが高く登れば登るほど、余計に寒くなるとも言う」だけど、トゥシットにはもうおばあさんの言うことは聞こえていなかった。ウー、フーン、ウー、フーン。トゥシットは気持ちよさそうに寝息を立てていた。

　おばあさんは寝息を立てて眠っている子どもをしばらく黙って見つめた。自分が植えている植物と同じように大事に育ててきた。それでも困ったことは数多く起こるものだ。家に入って来て悪さをする大量のネズミを駆除しようと壁の穴と椰子葺きの屋根に毒入りのパンのかけらを置いたことがあった。すると小僧はそのパンを見つけ、一口に飲み込んで食べてしまった。見つけたものを全部食べ終わらないうちに顔は紫色になり、口から泡を吹き出し始めた。おばあさんは大急ぎで塩水を飲ませ、飲み込んだものを吐き出させた。しかし、子どもは元気を取り戻すまでの数日の間、移植したばかりの植物のようだった。煮たユカ芋〔キャッサバ芋〕をたらふく食ったときもまた大変だった。胃袋いっぱいに詰め混んだ芋を、胃は消化しきれなかった。その時は、吐剤を飲ませたり、浣腸をしたりして、胃の中に溜まったものをなんとか排出させた。

　ドニャ・フィデリアは自分の家で病気の子どもの治療を行っている。ある日、女の赤ちゃんを抱いたある女が彼女の家にやって来た。ひよめきが落ちたというのだ。ドニャ・フィデリアは大急ぎで糊と卵の白身とを混ぜ合わせ、それを人差し指ですくって生まれたばかりの赤ん坊の口の中に突っ込んだ。それを口蓋に押し付けておいて、落ち込んでいるひよめきを吸い上げた。ひよめきが上がって来ると、石膏の代わりに卵の糊を頭頂部に塗りつけて固定した。老婆がこの施術をしている間に、出産間近の別の女がやって来た。トゥシットは遊びを中断して、やって来た女に要件を聞きに行った。

「あんた誰？」

「私はカロットムル村のアナスタシア・ハアス。でも、みんなは私のことをシュ・ナースと呼んでるわ」

「名字はどういう意味なの？」トゥシットが訊いた。

「バナナよ」

「ばあちゃん、お客さんだよ。カロット村のアナスタシア・ハアスさんだって」そう叫ぶと、その女の手を取って言った。

「シュ・ナース、こっちに来て。うちの庭にはあんたの親戚のバナナの実がなってるんだ」

「おっちょこちょい《トゥシット》な子だね、僕は」女は呆れて言った。

「おばさん、どうして僕のあだ名を知ってるの？」子どもは目を丸くして叫んだ。

アルマ・サグラリオ・ピシャン・オルの声

薬草による治療
妊婦の手助け
占いによる未来の予見
受け取った恩寵への感謝
これらはすべて神からの依頼

アルマ・サグラリオ・ピシャン・オルは子どもの頃に、霊の助けを借りて病気を治療する力を授かった。彼女はいつもショクビル・チュイ〔クロス・ステッチの刺繡〕のウィピルを着せられ、髪の毛は赤いリボンで結んだおさげにしてもらっていた。そんな格好で椅子に座って治療をしていた。患者は村の中だけでなく、近隣の村や遠くの町からもやって来た。メキシコ高地やアメリカからさえも彼女に診てもらいに来る人がいた。

それから年月が経ち、十分大人になった頃には、彼女は誰もが知る有名な霊媒師になっていた。彼女の家の前には毎朝、彼女に診てもらいにやって来た、あるいは痛みを抑える薬をもらいにやって来たたくさんの人たちの列ができた。

診療の時間が来ると、祭壇の前に座ったアルマ・サグラリオを、患者たちが半円状に取り囲むように座る。彼女は祭壇の上に置いたカトリックの聖人聖母像に向かって祈りを捧げる。すると突然、彼女は体を震わす。そして、薄目を開けて、しばらくの間息を止める。それから、彼女は普段とは違う声色で周りにいるみんなに向かって挨拶をする。

「みなさん、おはようございます。私はみなさんのお力になるためにやって参りました」

ドニャ・アルマ・サグラリオの治療を手伝う霊は五人いた。成人の男性が二人、成人の女が二人、男の子が一人だった。男性のうちの一人はマヤ語を話した。いずれもこの世での人生を全うできずに死んだ人たちだった。それゆえ、ドニャ・アルマ・サグラリオの体を借りて自らの責務を果たしているのだという。

「私は単なる媒体。私は何もしていない。病気を治しているのは霊たちさ」アルマ・サグラリオはそう言う。

大学出で輝かしい医師免許を持つ医者にも治せない病気を、彼女は治した。ユン・バラム〔森を守る精霊〕の存在を疑っていた青年のケースはまさに典型例だ。

「おじいさんは本当に森には森を守っている霊がいると思ってるの？　そんなの作り話でしょ。そんなものいるわけないじゃん」

そう言っていた青年はある日森に行き、おじいさんが作っているミルパ〔トウモロコシ畑〕の真ん中でこう叫んだ。

「おーい、ユン・バラム、本当にいるんなら、僕をここから追い出してみろ」

変わったことは何も感じなかった。しばらく、さらにしばらく、待ってみた。だが何も起こらない。彼は村に戻ろうと歩き出した。村に着いたら、ユン・バラムなんかいなかったことをみんなに話してやろうと思っていた。真っ昼間で猛烈に暑かったが体は軽かった。まるで宙に浮いているかのような気がした。すると突然、ミルパ全体が眼下に広がった。森を上から見ているのだ。上から見る景色のなんと美しいことか。しかも、雲にも触れる。いろんな色の雲がある。白い雲、黒い雲。うぅーん。空を飛ぶというのはなんと心地のよいことか。

数人の農民が道端で痙攣している青年を見つけたのはもう日も暮れ始

めた頃のことだった。すぐに村に運ばれ、病院に搬送された。だが、医者には何の病気なのか分からず、手当ての施しようがなかった。最後の手段としてドニャ・アルマ・サグラリオのところに運ばれた。彼女が霊たちを呼び出し訊ねると、その中のマヤ語を話す霊がこう言った。青年はユン・バラムをけなしたから、罰を受けたのだ。この無礼な無信者を治してやるにはケシュ、つまり交換儀礼をやってやるしかない。また、雄鶏の血を輸血してやるのがよいとも言った。霊媒師は言われた通り、雄鶏から注射器で血を抜き取ると、それを青年の腕に突き刺した。そして、雄鶏を青年の頭の上に載せると、祈禱を行った。雄鶏は身震いしたかと思うと、下に落ちて死んだ。その代わり、青年は生気を取り戻した。話せるようになった青年は自分が何をしたかをみんなに語って聞かせた。

ドニャ・アルマ・サグラリオがやったこの治療は普段から彼女のことを快く思っていない医者たちの怒りと嫉妬を燃え上がらせるものだった。

「あのメスティサ〔ウィピルを着た女性〕はペテン師だ。鶏の血を人間に輸血するだと！　ばかばかしい。そのうち誰かを殺しちまうぞ。そうならないと、ペテン師だということが分からないんだ」

「剃刀の刃で膿を取り出し、去勢用の針と糸で傷口を縫っているというじゃないか」

ドニャ・アルマ・サグラリオは病気治療をするだけでなく、失踪者や紛失物を探し出すこともできた。ある日の朝、彼女がいつものように「どうぞ私の体をお使いください。私はあなた方の体です」と診療の開始を告げてから、相談に来た人たちの問いかけに答え始めた。

「ご存じの霊がいらしたら、どうぞ教えてください。私が飼っている鶏が雛を孵《かえ》したのですが、一羽いなくなってしまいました。どうしたのでしょうか」ある女が訊ねた。

男性の声が答えた。「犬が雛鳥を引きずり回して殺してしまった。娘さんたちは、ちゃんと見ていなかったことを怒られるのが怖くなって、見つからないように庭の奥に捨ててしまったんです」

「ご存じの霊がいらしたら、どうか教えて下さい。私の家の犬はどこに行ってしまったのでしょう。何日か前に家からいなくなったんです。子どもたちが悲しんでいて、ずっと泣いてるんです」別の女が訊ねた。

「物乞いをするおじさんが持って行って売っちゃったよ。今はある家の庭に繋がれてる。家の人が食べ物と水をあげるのをよく忘れてる」子どもの声が答えた。

犬が今置かれている状態を知らされた子どもたちは悲しくてさらに泣いてしまった。

「ご存じの霊がいらしたら、教えて下さい。娘が朝起きたら、発疹ができていたんです。何にかぶれたんでしょうか。どうすればいいですか」

「娘さんは猩紅熱に罹っています。それから、あなた」霊の声は別の相談者に向かって話しかけた。「あなたは娘さんが昨夜見た夢は何だったのかを知りたいのでしょ。彼女はキリストの聖なる心臓によって選ばれたのです。娘さんは大きくなったら、あなたから離れていくでしょう。あれは単なる夢ではありません。幻影なのです」

「そうなんです」話しかけられた女が答えた。「娘は、キリストの聖なる心臓が彼女を呼び寄せ、腕を差し出す夢を見たんです」

「ご存じの霊がいたしたら、教えて下さい」別の相談者が訊ねた。「私、時々、夜が明けても、気分が悪いんです。どうしてなのかよく分からないんですけど、とっても悲しいんです。涙が出てきちゃって。一体どうすれば治るんでしょうか」すると、女の歌うような声がした。

「毎晩、寝る前に水を入れたコップに花を一本挿しなさい。そして私の名前を唱えなさい。翌朝その水を飲めば、治りますよ」

それから数日して、メキシコ連邦区《DF》という遠くの村に住んでいたことがあるという女が霊媒師の家にやってきた。

「あなたが呼び出す霊は水に花を挿して病気を治すという話を伺いました」とその女はドニャ・アルマ・サグラリオに言った。「女中として働いていたときの家の奥さんが同じ治療をしていました。呼び出す霊の名前も同じなんです。写真を持ってきたんですが、これがその人です。彼女はもう十年以上も前に亡くなられたんですけどね」

話を聞いていた霊媒師は、写真越しではあったが、自分が呼び出す霊に直接会えたことをとても喜んだ。お礼として、かつて働いていたところの奥さんに会って挨拶できるように、特別にその人の霊を呼び出してあげた。

ドニャ・アルマ・サグラリオが名声を高めることは、一方で医者たちが抱える患者の数を減らし、彼らの金銭的収入と信用度を下げることを意味したので、彼らの妬みを大きくした。

ある日、クランデーロ〔伝統治療師〕に診てもらった男の子が死亡したという噂が立った。その子が誰なのか、治療師が誰なのか、名前は伝わってこなかった。また、村のどこでその不幸が起きたのかも不明だった。だが、待ってましたとばかりに、その噂を根拠にして、村の医者たちがドニャ・アルマ・サグラリオや他の商売敵である伝統治療師たちに対する訴えを村役場に起こした。

「もっと死人が出てもいいと言うんですか」彼らは役場の担当者に詰め寄った。

医者たちの圧力によって役場は伝統治療師たちの拘束を命じた。農耕儀礼をやるフ・メン〔マヤ語で祈禱を行う伝統治療師〕もその対象になった。

拘束されるかもしれないことを知り、不安になったドニャ・アルマ・

サグラリオは近くに住む友人の家に行き、頼んだ。

「コマドレ〔洗礼を受けるときの代母〕、あなたが持ってる『薬用植物と危険植物』という例の薬草に関する本を貸してちょうだい。私だってちゃんと勉強してることを教えてやらないといけないから」

だが、本を貸してもらった甲斐もなく、霊媒師は留置場に連れて行かれ、産婆や薬師、マッサージ師、祈禱師といった村人の健康を守る仕事をしてくれる女たちと一緒に収監されてしまった。留置場の別の部屋には男たちが入れられていた。

彼らの拘留を正当化する明確な根拠はなかった。実際、彼らは誰かに悪事を働いたわけではない。唯一の根拠はただ彼らが専門的な教育を受けていないこと、また彼らの治療法を医療行為として認定する公的書類を持っていないということだった。

警官たちは拘束されている者たちに合わせる顔がなかった。ある若い警官は年老いた産婆の目に無言の非難を感じた。自分の妻が長男を出産したとき、この産婆は一センターボも彼に要求しなかったのだ。

同じような気持ちを抱いた警官は他にもいた。その警官の場合は、その薬師は自分が汗をかいたまま家の中に入ったためにマル・デ・オホの病気にさせてしまった息子を治してくれた。医者は誰も子どもの下痢を止めることができなかった。だが、薬師がやってくれたお祓いのおかげで、今子どもは兎のように庭を跳ねていられるのだ。

収監された者たちの警備を担当していた者たちは極めて居心地の悪い思いをしていた。というのも、収監されている者たちの多くは彼らの親戚筋であり、彼らがどんな経済的状態にあるかをよく知っていたからだ。彼らは恥ずかしく思うと同時に、一抹の不安も感じ始めた。なにせ、拘束されている者たちは村の医療を担っている人たちだ。確かに、中には悪いことをしてる奴らも確かにいる。だが、そいつらが誰かくらいはみんな知っている。

そうこうするうちに、留置場の中で変なことをする者がいるという噂が広まった。

「ぼろ布で人形を作って踊らせたり笑わせたりしている」

「そんなのただの作り話だろ」

「その人形に睨まれた警官はひどい熱が出て下痢をしてるんだ」

「警官を睨まない奴なんかいるもんか」

「留置場には虫がいっぱい入って来てる」

「はめようとしているだけだ。留置所なんてそもそもいろんな虫がいるもんじゃないか」

「だけど、今はもっと多いんだ。聞くところによると、昨夜警察署長のオフィスにムカデの大群が押し寄せたそうじゃないか」

「へええ」

匿名の人物が高額の保釈金を払ってくれたことで、伝統治療師たちは一人また一人と釈放された。彼らに落ち込んだ様子はなく、当たり前だといった面持ちで留置場を出ていった。だが、自分の家に戻った彼らはいつにも増して、公権力に対する自らの無力さを感じていた。それゆえに彼らは今まで以上に、自分たちの治療に誠意と情熱を傾けた。ところが、ドニャ・アルマ・サグラリオの声が再び響くことはなかった。不健康な留置場の中で高熱を出したことが原因で、彼女は霊たちの住まう永遠の世界へ導かれてしまったのだ。

コンセプシオン・ヤー・シヒルの報酬

おいで、蝶さん、おいで
おいで、こっちにおいで

故産婆ドニャ・フローラ・チュクに捧ぐ
私をこの世に取り上げてくれたことに対し

明け方、使い古したレボソを被った一つの人影が道の端を歩いている。この時間はまだ、雄鶏のテーンテレスという鳴き声と犬の吠える声が聞こえるだけだ。ヒリッチ、ヒリッチ、ヒリッチと、サンダルを引きずりながら歩く音が辺りに響く。消耗しきったコンセプシオン・ヤー・シヒルが、たった一人で、助産の仕事を終えて自分の家に戻るところだ。ゆっくりとした足取りだが、顔には笑みが浮かんでいる。昨夜は徹夜だった。生まれたばかりの赤ちゃんは、今頃は母親のハンモックの中でぐっすりと眠っているに違いない。前の晩、眠りについたばかりのところで、彼女の家の扉をコップ、コップ、コップとしつこく叩く者がいた。「ドニャ・コンセプ、ドニャ・コンセプ、家内が産気づいたんです。もう痛がってるんです」男の声だった。

もう老婆であるにもかかわらず、彼女は馬の背に乗せられ、産気づいた女のいる遠くの家まで全速力で連れて行かれた。可哀そうに、行きは馬だったが、帰りは徒歩だ。

歩きながら心は穏やかだった。生まれた赤ん坊が男の子だったので父親はとても喜んでいた。だから、彼女はちゃっかりと少しだけ多めにお金を要求した。だが、母親の方が渋い顔をした。結局、要求した金額の半分しかもらえなかった。もらったお金は手ぬぐいに包んでサブカンに入れてある。生まれた赤ん坊が男の子だったのはラッキーだった。だって、生まれた子が女の子だったりすると、父親は怒ってお金を払ってくれないばかりか、怒鳴られることだってよくある。家から叩き出されたことだってある。生まれる子どもの性別を彼女が決めているわけでもないのに。

ドニャ・コンセプシオンがどこかの家に行く時は必ず後ろで赤ん坊の泣き声がする。彼女は村人のほとんどの人が生まれるのを見てきた。天使のような赤子たちが生まれてきた時の親たちの反応を彼女はみんな覚えている。唇が裂けて生まれてきた赤ん坊のことは特によく覚えている。父親はひどく泣いていた。父親も赤ん坊と同じ顔をしていた。そのことで彼がどれだけ苦しんできたことか、その全てが蘇ってきたのだろう。

その当時、手術は無料で受けられたにもかかわらず、彼の母親が手術を受けさせることを拒否したのだ。

「神様がこの顔でお遣わしになったのだから、そのままでいいの」母親はそう言い放った。それ以来、彼は今日に至るまで、シュートつまり千切れ者というあだ名で呼ばれてきた。だから、父親は自分の子どもには同じ苦しみを味わわせたくなかったのだ。

この村の大抵の子はお尻に蒙古斑があり、頭には真っ直ぐな毛が生えている。ドニャ・コンセプシオンは生まれてきた赤ん坊についてこんなことを言う人を何度か目にしてきた。

「私の子はそんなにインディオじゃないわね。蒙古斑はほとんど見えないわ」

その子は泣き声を上げるとき「唐辛子」が赤くなった。また、右の脇腹には血管が浮かび上がった。

産婆の仕事にはいろいろと大変なことがある。大抵の人は産婆の仕事を何かの社会奉仕だと思っている。生まれてくる赤ん坊の家族もまた仕事の邪魔だ。妊婦に家族がいる場合、大人のほとんどの女たちが、場合によっては近所の人までもが、様子を見るために出産に立ち会おうとすることが、これまで何度もあった。もっとも、医学部の学生たちがメモを取っている病院の分娩室に比べれば、詮索好きな女たちが群がる自宅での出産など大したことではないかもしれない。ただ、こういった女たちは出産を終えた女について後であれこれ村中に触れ回るのだ。

「あの人のお尻はカイミート〔スターアップル〕みたいなどす黒い色をしてたわ」

「発情した雌豚みたいに腫れてたわよ」

「まるで犯されてるんじゃないかっていうくらい、叫んでたわ」

だから、ドニャ・コンセプシオンは、助産の仕事に集中できるようにしてくれと妊婦の夫に頼まねばならない。

「あの人たちをちょっとどけてくれないかい。あたしゃ、妊婦さんと二人だけになりたいんだ」

部屋の片隅に毛布がぶら下げられ、分娩のための場所が確保されると、いよいよお産の開始だ。

「力んで《ツアー・ア・ウィーキ》、力んで《ツアー・ア・ウィーキ》」

しばらくすると赤ん坊の泣き声が聞こえてくる。

「クネー、クネー、クネー」

ドニャ・コンセプシオンはへその緒を切ってから、赤ん坊の鼻に息を吹き込み、口に指を突っ込む。すると、赤ん坊は口の中に詰まったものを吐き出す。その後は、後産を待つだけだ。胎盤が出てきたら、お産の終わった妊婦に訊ねる。

「元気になるように顔に乗せてあげようか《イン・チョッオー・タ・ウィチ・ウティアッアル・ア・カア・チャクタル》」

承諾する者もいれば、嫌がる者もいる。嫌がる場合は、ドニャ・コンセプシオン・ヤー・シヒルが血まみれのべとべとした胎盤で自分の顔を覆ってみせる。

「仕方ないね。《バッアシュ・イン・カーアト・ティ。》夜だろうと、《ケシュ・ヤン・イン・マアーン・イチ・アーカベ、》寝る時間がなかろうと、《ケシュ・ミン・ウェーネレ、》罵られることがあろうと、《ケシュ・ツゥウツタンタゥアケン、》稼ぎが少なかろうと、《ケシュ・ミン・ナアーハルティク・タアキネ、》胎盤から力を貰うことが私の仕事の見返りなんだ。《イン・ボッオラレ・イン・チャイク・イン・ムーク・ティ・レ・ヤーラッ・タアービル・トゥーチェ・ウティアッアル・》こうやって私はこの世に元気でいられるんだ《ウ・ヤッアブタル・イン・トー・オオーラル・ヨオーコル・カーブ》」

レメディオス・ツァブ・カンのペット

カルロス・アウグスト・エビア・セルバンテスに捧ぐ

レメディオス・ツァブ・カンは幼い頃からあらゆる種類の蛇に興味を抱いていた。幼少時の遊びと言えば蛇を捕まえることだった。捕まえるとぐるぐる振り回し、気絶させておいて、腕に巻き付けたり、首に巻いたりした。

「見て、お母さん、私のペット」その蛇を自慢げに母親に見せるのだ。

「あら、そんなこと止《や》めなさい。蛇が可哀そうでしょ。そのうち、怖い目に合うわよ」母はそう言って彼女を叱った。

子どもにもかかわらず、レメディオスは一匹のオチ・カーン〔ボア科の蛇ボアコンストリクター〕の子どもを捕まえた。その蛇にキーカという名前を付け、自分の友達のように大事に扱った。最初は自分のハンモックで一緒に寝かせていたが、大きくなると、キーカ専用のハンモックを編んであげた。だが、キーカはそれをほとんど使わず、家の入口でとぐろを巻いていつまでも眠っていることが多かった。

蛇としょっちゅう遊ぶ中で、レメディオスは蛇が食べるものや蛇に噛まれた時の治し方についての知識を身に着けた。

「治すための薬草は蛇が教えてくれたの」彼女はそう言った。

彼女は蛇に関して詳しい知識を持っていた。

ウウルン・カーンは背中に七面鳥色の斑模様のある蛇で、毒は持たず、ネズミを食べる。

シュタブ・チョオイルはよく井戸のロープに巻き付いている長い蛇だ。見た目は長くて細く、色も似ているので、よくロープと間違われる。

ヤシュ・カーンは淡い緑色をした蛇だ。この蛇は何かの悪い知らせをもたらすとされる。

カバッは他の蛇を捕食する蛇で、オチ・カーンのように大きくなる。

ホク・ミーイスは弱めの毒を持つ蛇だ。噛まれても、即座に死ぬことはない。トカゲの一種のメレチェを追いかけ、交尾する癖がある。両者から生まれたトカゲは黄色っぽい頭を持ち、蛇のようにのた打って歩く。

レメディオスは蛇の毒に効く薬草のことをよく知っていた。彼女に言わせれば、森は襲ってくるが、治してもくれる。

様々な蛇の毒に効く薬草を知っていた彼女は、いつもいくつもの解毒薬を準備して持っていた。九種類の薬草を混ぜた強力なものもあった。

「ウォール・ポーオチとかツァアブ・カーン〔ガラガラヘビ〕、テルシオペロみたいに危ない蛇にはシュ・カンバル・ハウ〔アメリカハナグワ〕が一番効く。苦い草だけど、解毒作用が一番あるの」というのが彼女の弁だ。

ドニャ・レメディオスは午後も夕暮れ時になるといつも、家の入口の前に置いた石に腰掛け、飼っている蛇の体をさすった。子どもたちはそれを見て驚き、その母親たちはやきもきした。

「ドニャ・レメディオスは蛇に嚙まれても治せるんだ」子どもたちは彼女に対して尊敬の念と同時に恐怖心を抱いた。

「私のかわいいペットよ」老婆は蛇のことをそう呼びながら、籠やひょうたん、サブカンからいろんな蛇を取り出して見せた。

子どもたちが興味深げに近寄って蛇を覗き込むと、老婆は黙って聞き入っている子どもたちに蛇にまつわる不思議な話を延々と語って聞かせるのだった。

「いいかい、子どもたち、洞穴やセノーテに入る時は、ツーク・カーンの目を覚まさないように気をつけるんだよ。それはとっても大きな蛇でね。長いこと生きてるから、馬のようなたてがみがあって、長い翼も生えてるんだ。時々、外に出てくる。だから、見たことある人もたくさんいる」

「ドニャ・レメ、どうしてツーク・カーンは家に飼ってないの？」子どもたちの一人が訊ねた。

「そうだよ。面倒見るの僕たちが手伝うよ」他の子どもたちが声を上げた。

「そしたら、僕たちその蛇の上に乗って遊べるよね」別の子が言った。

「その蛇は私のお話の中にだけいるのよ。そこにいれば誰からも悪さをされないでしょ。あなたたちが覚えている限り、その蛇は死なないのよ」

ドニャ・レメディオスの話には子どもたちがよく理解できないことも

あったが、子どもたちは彼女のお話を聞くのが大好きだった。薬草のこともよく話してくれた。その中に彼女がよく取り上げる薬草が一つあった。その薬草の話をする時は、彼女は涙ぐんでいた。時には声を詰まらせ、考え込んだ。そして、蛇を抱えると、家の中に入って行ってしまうのだった。

「シュ・カンバル・ハウは蛇に嚙まれた時に使う薬草なのよ」彼女はその話を何度も何度もした。「蛇の毒を和らげるの。解毒草の一種よ。でも、シュ・カンバル・ハウは単なる薬草じゃない。どんな毒にだって効くのよ。私たちの体を守ってくれるバリア。私たちの力の源だし、あなたたちの知識の保管庫でもあるの」

「ドニャ・レメ、私、大きくなったらシュ・カンバル・ハウっていう名前のワクチンを作る」ある日、老婆が悲しげな顔をしていると、エスペランサという名の女の子がそう叫んだ。

「そうね。だけど、あなたは自分の道を歩んで新しい知識を身に着けなきゃいけない。今の私たちの知識を持ち続けるか否かはあなた次第。あなたはいろんな生き物の毒を試すことになるでしょう。私たち自身のも他人のも。それを乗り越えられたら、新しい道を歩くための抵抗力が付くの」

「乗り越えるにはどうすればいいの？」

ドニャ・レメディオスは蛇の一匹を女の子に差し出した。

「蛇をよく知りなさい。一緒に暮らすの。そしたら、嚙まれた時にどうすればいいか、蛇が教えてくれる」

エスペランサは蛇に触ろうと手を伸ばした。だが、蛇が冷たいので、「キャッ！」と言って、手をすぐに引っ込めてしまった。

いかれた女

疎まれし者とはいえ、
娼婦にとって
軽蔑ほどの辱めはない

「大きくなったら何になりたい？」ドン・フストは食後のひとときに自分の子どもたちに訊いた。

「父さんみたいな音楽家！」男の子が叫んだ。

「私は先生」長女は恥ずかしそうに答えた。

「私は狂女《シュ・ローカ》」一番下の娘のビルヒニアは叫んだ。

狂女《シュ・ローカ》とは午後になると馬に乗って村の中を駆け回る女たちの集団に付けられたあだ名だ。彼女らは鞍も付けず馬にまたがり、馬のスピードを競い合う。彼女らが通ると彼女らの上げる大きな笑い声と馬のいななきが聞こえる。その女たちが幼いビルヒニアの家の前に咲いている花を買うために何度か立ち寄ったことがあった。彼女らは滑り落ちるように馬から降りた。広げた足の間からは夜の割れ目が覗いた。彼女らは押し合いへし合いしながらやって来ると、我先に大きな花を取ろうとした。摘んだ花は髪や胸に挿した。花を買うとすばやく馬に跨り、全速力で駆け去った。

幼いビルヒニアは女たちの中でも一番綺麗で笑顔の素敵な人のために一番大きな花を残しておいた。彼女はビルヒニアに一枚の硬貨だけでなく、キャラメルか菓子パンを一つ一緒にくれるのだった。

「はい、お嬢ちゃん」その女はそう言いながら渡してくれた。

だから、父から何になりたいかと訊ねられたとき、ビルヒニアは馬に乗って走り回ることを考えたのだ。大きくなったら、幸せそうな狂女《シュ・ローカ》になれたらいいなと思った。

　馬に乗った美しい女たちは、毎日午後になると、村はずれにある売春宿《テ・ツィース》という名の、ドニャ・ブエナベントゥーラの家に向かった。その家は大きな宿屋で、裏庭には、まるで大家族でも住んでいるかのように、小さな部屋に仕切られた建物が建っていた。女たちはその部屋の掃除が終わると、部屋に水の入ったバケツを置き、椅子の上には洗った手を拭くためのタオルを用意した。客を待っている間、彼女らはおしゃべりをしたり、歌を歌ったり、お化粧をしたり、香水を付けたり、タバコを吸ったり、アニス酒を飲んだりして過ごした。

年月が経ち、ビルヒニアもいつしか仕事の前にそんな時間を過ごす女たちの仲間に加わるようになった。彼女は仕事仲間やお客たちから処女娘と呼ばれていたのだが、最初の男は誰だったかと聞かれたとき、父のフストだったか兄のアンヘル・エンカルナシオンだったか、はっきりしないのだと言った。彼女のハンモックには小さい頃からワイ・チーボ〔山羊のお化け〕がよくやって来るようになったのだそうだ。彼女は夜に見るその悪夢のことを母に話したが、母はとぼけて何も言わなかった。しかも、彼女に生理が来るようになると、生みの親であるにもかかわらず、これは力をつけるビタミンだと言って、母親は彼女にある薬を毎日飲ませるようになったのだという。

先生のホセ・マヌエルが彼女に恋心を寄せるようになり、結婚を申し込むと、彼女は両親のところから家出した。結婚したあかつきに、自分が実は処女でないことがばれて、家に送り返されるのがとても怖くなったのだ。その時以来、彼女は何人ものママさんの世話になった。そして最終的にドニャ・ブエナベントゥーラに面倒を見てもらっている。彼女は女の子たちを大切にする気前のいい女だったので、彼女の売春宿《テ・ツィース》の館には近隣の村からも多くの客が来た。

ナルシサという狂女《シュ・ローカ》は、子どものころから熱情型だった。つまり、シース嬢というあだ名とは正反対の女だった。シースとはマヤ語で冷たいものを指す言葉だ。彼女は子どもの頃から発情したメス犬を眺めるのが好きだった。メス犬がオス犬と交尾を始めると、彼女は石を投げつけた。二匹の犬がくっついたまま逃げ惑う様子を見て楽しんでいた。

「そんなものを見てたら、目に腫れ物ができるわよ」母は彼女をそう言って叱った。だが、彼女は聞く耳を持たなかった。

売春宿《テ・ツィース》の館が混み合う時間帯になると彼女は仲間の女たちの部屋をよく覗き見していたので、みんなのことを何から何までつぶさに知っていた。自分の手がすくと、彼女はドアの隙間から中の様子を覗いて楽しんでいたのだ。

ママさんのブエナベントゥーラも自分の娘たちの体のことは詳細に知っていた。しかも、彼女は娘の特徴を十分に考慮してお客を見繕ってくれるとてもいいママさんだった。

たとえば、シュ・プーティル・ペール、つまりパパイヤのバギナを持つ娘がいた。その子はあそこを触られるだけで濡れてしまう。まるで、何かを突き刺すと汁が出てくるパパイヤの実みたいなのだ。

それから、シュ・ハイル・ペール。これは水のバギナ娘で潮をたくさん吹く。おかげで、ふくろう娘とも呼ばれるこのタイプの娘はお客をびしょ濡れにしてしまう。

オーチ・ペールは疲れを知らないバギナ娘。

スフイ・ペール。これはバギナが狭いので「永遠の処女」。挿入するのが厄介なのだ。処女とやっている感覚を得られるので、このタイプの娘を求める男は多かった。

シュ・ハーンピカーン・ペールは大きなバギナを持つ娘。シース嬢がこのタイプで、彼女はセックスの最中にお客に向かってこんなことを言った。

「あんたの、それだけ?」

「いや、ほかにもあるけど、そっちは糞をするところだ」客はとぼけてそう答えた。

ビリッチこと、あそこの毛の少ない娘は好まれない。男たちは陰毛がたくさん生えている女を好んだ。

一番引きがあるのはシュ・トパアンだった。彼女らは二倍以上払えばアナルセックスもやらせるのだ。

ママさんのブエナベントゥーラは他にもたくさんの娘を抱えていた。

コマル〔トルティージャを焼くための鉄板〕娘、もじゃもじゃ娘、山猫娘、蚊娘などなど。

だが、処女娘が一番のお気に入りだった。彼女はペーキル、つまりメス犬のようなバギナの持ち主だった。要するに、彼女のバギナは男の性器に吸い付くような力を持っているのだ。「まるでしゃぶられてるみたいだよ」ドニャ・ブエナベントゥーラはお客にそう説明してやるのだった。

「今、誰かいいの空いてるかい？」常連が彼女に頼む。

「もちろんさ。あたしんところはよりどりみどりだからね」彼女はもったいぶった顔で答える。

ドニャ・ブエナベントゥーラは処女娘のおかげで大もうけできた。

ただ、処女娘は酒に弱かった。そのため、一度ならずも口を滑らし、客を傷つけるようなことを言ってしまった。

「あんた、あたしを撫で回しているだけじゃないか」雨で濡れた服の嫌な匂いのする、よく来る老人の客に対して文句を言ったことがあった。

「あんたの、もう役に立たないねえ。もう駄目なんじゃないかい。やれるんだったらやってごらん」満足させてもらえなかった早漏の男にも言ってしまった。

さらに別の日には、小さいものしか持ってない男にケチをつけた。「あんたの鳩はまだ孵《かえ》ったばかりなんだね。小さいんだよ」

彼女の辛辣な言葉にはそれなりのしっぺ返しが待っていた。老人はぱったりと来なくなった。二番目の男は腹いせから、人前で彼女の顔を殴った。最大の辱めを受けた三番目の男は悲惨な道を選んだ。木に首を括って自らの命を断った。

ドニャ・ブエナベントゥーラと娘たちには彼女らなりの男たちの分類があった。

馬のように大きな性器を持った男はトーン・ツィーミン。

ネズミのように小さなものを持った男はトーン・チョオ。

ソーセージのように細長いペニスの持ち主はタービル・ケープ。

短いけど太いのを持ってる奴はプルッチ・ケープ。

鳥がついばむ芋虫のようなペニスはナーチ・シュノーコル・チーチ。

短いのに亀頭だけやたらと大きいのはマク・ホボン。

「大事なのはどう使うかだよ。大きさなんて関係ない」結局、それがドニャ・ブエナベントゥーラの意見だった。


処女娘が身を滅ぼすことになったのは酒と性病だった。彼女はいつしか酒場で物乞いをするようになっていた。酒を恵んでもらうためには度重なる辱めをも耐え忍ばねばならなかった。もはや誰も彼女とやろうとはしなかった。彼女はみんなのただの笑い者だった。あるとき、ある酒場で誰かが彼女に酒を奢ってやると言った。

「瓶を入れて見せるんなら、奢ってやるぜ」

哀れな女は条件を受け入れた。所詮彼女はこれまで「馬」だって、「ネズミ」だって、「ソーセージ」だって、「鳥の芋虫」だって、何だってあそこに入れてきたのだ。彼女は酒場の中の、あるテーブルの上に足を広げて寝かされた。誰が瓶を突っ込んだのか、それは分からない。様子をよく見ようと、野次馬たちが押し合いへし合いしたため、大勢の男がテーブルの上にのしかかってしまった。

その時、哀れな女が痛さのあまり上げた叫び声の大きさは今でも村人の語り草だ。瓶が割れてそのかけらが刺さったんだから、そりゃ痛いだろうさ。かつてはみんながあれほど欲しがったあそこにね。

「狂女《シュ・ローカ》だったんだから、自業自得さ」人びとはそう思った。

〃彷徨〃

気が触れ
茫然自失の
変態女に
驚くあなた

女王めがけて投げられた花びらが舞うかのように、様々な色の何百という蝶が東の小高い丘の方から窪地に向かって降りて来る。蝶たちは草花の上を舞った後、西の丘の方へまとまって飛んで行く。

「ほら、すごい数の蝶だよ」道の真ん中の、セイバ〔マヤの人びとが世界樹とみなすアオイ科の木〕

の古木が作る木陰で、ビー玉遊びをしていた子どもたちの一人が叫んだ。

子どもたちは示し合わせたかのように、一斉に草をウィッチ、ウィッチ、ウィッチと振り回して、蝶を追いかけ始める。

「黄色いのと白いのやっつけたぞ」

「俺は三匹捕まえた」

「そんなの大したことねえ。俺は五匹だ」

ピーティスは持っていたパチンコで石を飛ばした。だが、ちっとも当たらないので、パチンコを振り回し始める。ある家の中から子どもたちの誰かの母親が叫んだ。

「フライにして食べさせるわよ!」子どもたちはそんなことは気にしない。その母親もその後、何も言わずに、自分の仕事を続けた。

「〝彷徨〟が来たぞ!」蝶を追いかけていた子どもたちの一人が叫んだ。

東の方角から一つの奇妙な人影が現れた。大人の女だが、男物の服を着ている。頭には椰子の葉で編んだ使い古しの帽子を被り、一方の肩にはリュックをぶら下げ、そしてもう一方には痩せこけた子猫を乗せている。

「連れて行かれるぞ。隠れろ」子どもたちが叫ぶ。

子どもたちは石垣の後ろに走って行って、身を隠した。そして、石垣の隙間から、やって来る女の様子を窺った。彼女は子どもたちを捕まえると、口をふさぎ、リュックに入れて持ち帰り、後で煮炊きもせずにそのまま食べてしまうのだと言われていた。

女はそれまで子どもたちが遊んでいた場所に、ゆっくりとした足取りで、足音も立てずにやって来ると、蝶の残骸を拾い上げ、子どもたちがビー玉遊びをしていた輪の中に置いた。それから、まだ生きている蝶の一頭を手の平に乗せ、セイバの木陰に据えられた石に座ると、蝶に息を吹きかけた。すると、蝶は飛んで行った。彼女が石垣の方に目をやると、子どもたちは恐怖で動けなくなった。しばらくして、恐れをなした子どもたちはめいめい自分の家に向かって走って逃げた。

自分の家の石垣に身を隠したメルセデスは草むらに屈んだまま動かない。そのままじっと女を見つめていた。女をこんなに近くで見るのは初めてだ。唇の分厚さや髪の毛の色まではっきり見える。誰かに似ている。そうだ、午後に植物の話をしてくれるベニグナおばあさんに顔形が似ている。

女の子は、理性を失う以前に〝彷徨〟がどんな生活をしていたか、村の人たちが話していたことを思い出した。彼女はかつてはとても働き者で人付き合いのいい女だったという。豆やカボチャ、カモテ、ニャメ〔ヤマノイモ科の根菜〕、唐辛子、インゲン豆、トウモロコシなどミルパで採れた作物を売り歩いていた。朝早くに起きて、頭には果物の入った箱を載せ、手には野菜の袋をぶら下げて出かけた。そんな風に荷物を持ってバスに乗り、あちこちの村で売り歩いた。

「だけど、彼女にある不運が訪れたんだ。男に魂を抜かれちまった」村人たちはそう言っていた。

行きつけのとある村で、高地なまりのある兵士と知り合いになった。そして、すぐにその男と一緒に暮らすようになった。仕事には以前にも増して精を出すようになった。というのも、その貧しい軍人の家族の女たちは、母親も、祖母も、曽祖母もみんな病気がちだった。だから、彼女はその会ったこともない家族を経済的に支えることになった。彼女は自分が持っていた金細工の宝石さえ質に入れた。軍人は宝石を取り戻すための金は必ず返すと約束したが、結局その宝石は取り戻せなかった。騙されて宝石を手放して以降、もはや別のものを手に入れることもできない。結局、あり金全部を男に渡してしまった。

初夏のある日、兵士は何の前触れもなく、姿を消した。男は戻ってこなかった。女は自分が捨てられたことを受け入れざるを得なかった。だが、その反動で、男が残した服を身に着けた。彼女が男装するようになったのはそれからだ。ただ、髪の毛だけは長く伸ばして、決して切らなかった。人びとは、あの女は男になった、と言った。実際、彼女は男のように四六時中タバコを咥え、つばを吐いた。

村の老司祭は、頭にベールを被らなかったり、胸元を大胆にはだけてミサに来るような女への聖体拝領を拒んだ。当然、男の服を着てやって来るその女は、聖具納室係《サクリスタン》によって、教会から追い出された。

「男みたいな格好をするあの女は外につまみ出しなさい」

〝彷徨〟は冷めた目で笑った。司祭だって、僧衣とは言え、上流階級の女みたいな服を着ているではないか。彼女はよく教会に足を運んだ。教会の中に入ると、手前の方の席に座った。聖具納室係《サクリスタン》たちが近づいて来るのが目に入ると、走って外に出た。だが、そのうち、神の館に足を運ぶのさえ止《や》めた。

「あいつは神を忘れたんだ」信仰の厚いふりをした偽善者たちはそう言った。

「あの女は理性をなくしたのよ。いつも彷徨ばかりしているもの」ある女がそう言った。ラジオドラマの中でたまたま耳にした彷徨するという言葉を使ったのだ。それ以降、女には〝彷徨〟というあだ名が付いた。

「全く変わったことばかりするわね」古臭い考えの女たちは女を小馬鹿にした。

変わった行動の一つに、道端に落ちている空き缶を拾うというものがあった。彼女の家の庭に置かれたニドやネスレ、チョコミルク、ミロ〔いずれもネスレ社の粉末飲料〕の缶には、とてもいい匂いのする色とりどりの花が植えられていた。石垣の上や家の周囲、洗濯石の横、井戸のそばにも缶の植木鉢が置かれた。彼女の庭には自然に生えている野生の植物と彼女が植えた花とが一緒に咲き乱れた。花が咲き誇るそのエデンの園で一番目を引いたのは、チレ・ハラペーニョの入っていた錆びついた缶にしっかりと根を張り、花をいっぱいに咲かせる小さなクチナシだった。そのクチナシが出す芳香は蝶や蜜蜂、ハチドリを呼び寄せた。クチナシの木をうまく育てられない女たちにとって、彼女のクチナシは羨望の的だった。

「彼女は腕がいいわ」彼女の才能を認める者もいた。

「ボーっとしてるけど、その才能だけはあるのね」羨む女たちも認めざるを得なかった。


初夏は午後になると気温が摂氏四十度を超える。すると、〝彷徨〟は井戸のところへ行き、ロープを力いっぱいに引っ張って、冷たい水を汲み上げる。汲んだ水は木製の大きな桶が置いてあるところまで運び、それに入れる。帽子を取り、ばらけた長い髪が膝まで届く様は、まるでシュタバイ〔セイバの木に住むとされる、男を誘惑する美女〕のようだ。シャツとズボンを脱ぎ、近くの石の上に置くと、桶の水で水浴びをする。まるでそこだけ時間が止まったかのように、女はヒーカラで幾度も幾度も冷たい水を汲み、自分の体にかける。こうして夏の饗宴が始まる。彼女の周りを蝶が舞い、うっとりさせるような花の香りが漂う。〝彷徨〟の口からは、どこからとも知れずやって来た鳥が囀《さえず》る歌声を真似するかのように、ヒュッという風を切るようなかすかな音が漏れる。

子どもたちは遊びを止《や》め、木に登ったり、石垣に身を隠したりして、固唾を呑《の》んでその様子を窺う。近所の大人たちは何事もなかったかのように見て見ぬふりをする。だが、男たちは庭に出て薪割りをし、女たちは洗濯を始める。誰もそのショーを見逃したくはないのだ。〝彷徨〟は何かを楽しんでいるかのようにゆっくりと体を洗う。髪の毛を洗うのには服の漂白に使う青い洗剤を使う。彼女に言わせれば、ノミ避《よ》けになるのだそうだ。その次は肌をゆっくりと丁寧にさする。水浴びが終わっても、体はタオルで拭かない。エネケン〔サイザル麻〕の古い袋を敷き、その上に横になって、太陽の熱で乾かすのだ。そうやって時間をかけて体を乾かしてから、座り直し、服を一つひとつ身に着けていく。時間をかけてゆっくりと長い髪を梳かし終わると、丸めて帽子の中に収める。

〝彷徨〟は必ず毎日外を出歩く。どこかの家に入って行くこともある。ただ様子を見るだけで、そのまま出て行くだけだ。物乞いはしない。ただ、その家の人が、困ってるだろうからお金をあげると言うときは、拒んだりはしない。食べ物をもらうこともある。だが、いつも受け取るわけではない。なにか変なものを食べさせられるのではないかと心配なのだ。

「私に悪いことをしようとする人がいるかもしれない」彼女自身がそう

言っていた。

家の中に何か変わったことを見つけたり、感じたりしたら、教えてくれる。

「ここは何かとんでもないことが起きる。娘たちをよく見ておきなさい」ある時、怠け者の男と一緒になったばかりの未亡人の女に向かってそう言った。

「あんな気がふれた女《シュ・サータ・オーオル》の言うことなんか相手にするな」同棲していた男はその言葉に反論した。

また、別の機会には、基礎の部分が出来上がった家を見ていて、石の間に挟まった木の根っこが取り除かれていないのに気づいた彼女は独り言を言った。その家では何か悪いことが起こるという予言だった。実際、ほどなくして、その家の持ち主は自殺を図った。

〝彷徨〟は椰子の葉葺きの小さな掘っ立て小屋に住んでいた。彼女にとって掘っ立て小屋は世の中からの避難場所であり、戦うための塹壕だった。そこにほつれたレボソのようになった古いハンモックを吊るしていた。部屋の一方の端には祭壇を作り、そこに様々なポスターと彼女が信仰するルチャドールの聖人《エル・サント》の載っている雑誌のマスターコレクションを置いていた。ルチャ・リブレのチャンピオン、白銀のマスクマンだ。彼女は信仰厚いキリスト教徒よろしく、その聖人を熱心に信仰した。格闘家のブロマイドの前にひざまずき、十字を切った。床にはロウソクの火も点した。だが、その聖人《エル・サント》の祝日がいつなのかは知らない。一度その日を確認しようといろいろと訊いて回ったことがある。だが、彼女の問いには誰も答えられなかった。

「私は字が読めない。だから、聖人祭日表を見ても私には分からない。だけど、分からくてもいいわ。そうすれば、一年中お祝いしていられるもの」彼女はそう言って自分を慰めた。

崇拝する聖人《エル・サント》に対して、彼女はロウソクの火を点すことと花を置くことを決して怠らない。彼女は花を切ることを嫌がるので、植木鉢をそのまま祭壇の上や下に置いている。ある日、夜も更けてから、花の植木鉢を一つ家の中に入れた。その花には芋虫が付いていて、一晩中、ムシュ、ムシュと葉っぱを食べていた。夜の静けさと相まってその音は部屋の中に響いた。ところが、女は、ルー、ルル、ルルーとそれ以上の音量のいびきをかいた。

ある日の午後、〝彷徨〟の叫び声が遠くまで響き渡った。ロウソクの火がハンモックに燃え移ったのだ。火はあっと言う間にハンモックを飲み込んだ。だが、その火は聖人《エル・サント》の一番大きなポスターの端っこを焦がすだけで収まった。

「奇跡だわ。奇跡よ。私の聖人《エル・サント》様は燃えなかった」彼女の叫び声を聞きつけてやって来た人たちに向かって彼女は何度も繰り返した。「見たでしょ。見たでしょ。これでも私は気がふれた女《シュ・サータ・オーオル》だと言うの？」

幼いメルセデスはこの女のことを長いこと考えていた。女はもうあっちを向いてしまった。太陽の光がセイバの木の枝から漏れて差してくる。その光で地面にはいろんな模様の影ができている。何かの文字を読むかのように、〝彷徨〟は唇を動かし、なにか独り言を言っている。日が陰ると、彼女は西の丘へと登って行った。まるで、赤く染まった地平線に浮かんだ雲の中に消えて行くかのようだ。髪の毛の色はオスのユーユム〔オオツリスドリ〕の赤褐色に変わり、やがて黒い影となった女は太陽の光の中に溶け込んでいった。

窪地にある家では、メルセデスのおばあさんのドニャ・ベニグナが大きな声で呼んでいる。

「メーチ、ほら、家に入りなさい。空の色がどす黒い黄色になってるだろ。あれはカン・ムーウヤル〔凶兆とされる夕暮れ時の橙がかった黄色い雲〕と言うんだよ。きっとカンクブル・ハ〔成長過程にあるもの全てに害をもたらすとされる橙色に染まった空がもたらす雨〕が来るんだ。病気をもらったら大変だよ」

カリダー・ター・オツィルの物乞い

お前だっていずれ物乞いをするようになる
それが貧しい老人の辿る運命さ

マヤ語しか話せないドニャ・カリダーはワユンの辺りに住んでいる人たちみんなの祖母だ。齢は八十を過ぎており、頭の毛はかなり薄くなっている。だが、わずかに残った髪の毛はいまだに黒い。子どもの頃にピッチという鳥をたくさん食べたからだ。彼女はパチンコを使って自分でその鳥を獲っていた。彼女はパチンコを当てるのがとにかくうまかった。何にでもだ。

ドニャ・カリダーは数か月前まで、平日はみすぼらしいメスティィサ姿で物乞いをして歩いていた。色あせ、擦り切れたウィピルを着て、ほつれたレボソを首に巻き、裸足で歩くのだ。だが、日曜日の午後になるとカトリーナ〔ウィピルを着ない女性〕の服を着て、金のネックレス、イヤリング、ブレスレットを身に着ける。顔にはお化粧をして、口紅を引く。そして、喉元にローションを振りかけると、村の大広場へ軍隊の野外演奏を聴きに出かける。日が暮れると、家に戻る途中、広場の角にある雑貨店〝神のご加護〟に立ち寄り、アニス酒を一杯買って飲む。

「骨を温めるんだよ《ウティアッアル・ウ・チョコキンティク・イン・バーケル》」と言いつつ、酒をちびちびと飲むのだ。

ドニャ・カリダーには八人の子どもがいた。男二人に女六人。そのうち七人は結婚しており、全部で四十二人の孫と十二人の曽孫がいた。

「だけど、子どもがいるからと言って、《チェン・バッアレ、ウ・ヤンダル・ウ・パーラル・マーアケ、》年老いたときに助けてもらえ《マ・ウ・カーアト・ウ・ヤッアル・ワ・ヤン・ウ・ヤーン》るとは限らないんだよ《ディケチョッオブ・ケン・ノホチマーアケチ》」。老婆は自分の経験からそう語る。

ドニャ・カリダーの二人の息子のうちの一人、プラシドはとてつもない怠け者だった。妻を娶ろうという気さえ持たなかった。母親が物乞いから戻るお昼頃になっても、眠たそうな目をして、ハンモックを揺すっている。

「もう夜が明けたのか、それともまだ夕方か」母の姿を見てそんなことを訊ねる。

近所の人たちは母親に面倒を見てもらっているこの怠け者の姿を見るだけで憤った。老婆が物乞いをしながら息子に食わせてやっているわけだから、なんとかして彼を懲らしめてやろうと思っていた。ある時、老婆は自分の家の扉を叩く者がいるのに気がついた。

「ドニャ・カロ、少しだけど残ったから持ってきてあげたよ。肉はもうないけど、スープにはビタミンがあるよ」近所に住むある女が優しそうな顔をしてスープの入った鍋を抱えて立っていた。

老婆がちょっと味見をしてみるとおいしかったので、息子と二人で一緒に食べようと、鍋を火にかけて温めた。そしてどら息子を起こして、二人でその料理を食べ始めた。ところが、スープはどういうわけか苦くなっていた。実はそのスープは食卓を洗い流すのに使った水だったのだ。


月曜日になり、ドニャ・カリダーが物乞いに出るようになると、彼女の家の近くに住む孫たちが彼女のサブカンを漁りにやって来る。おばあさんがもらってきた食べ物を引っ張り出して、食べてしまう。そして、食べ終わると、おばあさんの杖を摑んで、お馬さんごっこをして遊ぶのだ。

「ほら《エィ》、杖を返しなさい《スーテエッシュ・イン・ショーオルテッ》」とおばあさんが何度言っても、子どもたちは杖を股に挟んで走り回る。

「このくそがきども、《メヘン・キスネッエシュ、》サブカンを返しなさい《パーテエシュ・イン・パウ》」老婆はまるで一緒に遊んでいる女の子のように孫たちを追いかけて回った。

犬とも同様だった。彼女はいつもたくさんの犬を飼っていた。しかも全部雑種だった。犬には一風変わった名前を付けていた。たとえば、発情期になると正気を失うメス犬は「のぼせ」、もじゃもじゃした硬い毛がいつも立っているオス犬は「ソスキル」〔サイザル麻を指すマヤ語〕、いつも歯を剝いているメス犬は「歯剝き」、決して吠えない臆病な犬は「カバシュ豆」、雑種とペキニーズの交配から生まれた犬は「泡」、上品と言うには少しもの足りない雑種は「にせ上品」といった具合だ。

数がとにかく多く、犬たちは十分な餌を貰えないので、近くの家に入り込み食べ物を盗んで食べた。近所の人たちは盗みを働くこの犬たちにうんざりしていた。そんな中、数か月前のことだが、ある男が毒入りの肉を犬たちに与えた。次の日の朝、犬の多くは死んでいた。ドニャ・カリダーは犬を見ても、まだ寝ているのだと思った。しばらく経ってからも、まだ寝たままなので、ついに犬たちまでがプラシドの真似をするようになったのかと思った彼女は、犬たちを叱った。

「怠け者の子どもはもうたくさんなんだ。《マ・イン・カーアト・ヤッアバク・イン・ワーロオップ・ホイケーポオプ。》起きなさい。《リーイケネッエシュ。》もう昼だよ《ツォッオク・ウ・チュウーンキンター》」

そう言いながら、杖で犬を突いた。だが、犬たちは固くなっていた。

「まあ、《アイ、》可哀そうに。《イン・オーオツイル・ペーコッオプ。》一体誰がお前たちにこんな酷いことをしたんだ。《マーアシュ・トゥ・ペータ・テッエシュ・ロープ。》誰が私に悪さをするんだ《マーアシュ・トゥ・ペーティク・テン・ロープ》」老婆は悲しくて涙が止まらなかった。

だが、メス犬が一匹だけ生き残った。そして、老婆の家はまたすぐに犬でいっぱいになった。

そうなのだ。老婆は犬と歳だけは多いのだ。六十歳になった日、老婆はハンモックから起き上がると、家の柱にかけてあったマチェテ〔山刀〕を下ろすと、箒の柄を自分の足の長さに合わせて切って杖にした。そして、それを使って実際に歩きながら言った。

「私の伸びた手、《ウ・チョワキル・イン・カブ、》木でできた足、《イン・ウォーク・チェ、》私の杖、《イン・ショーオルテ、》私の散歩仲間、《イン・ウェート・シーインバル、》私の仕《ウ・ヌッウク》事道具《ル・イン・メヤー》」

老婆はそう言いながら、苦笑いした。そして、最後に大きな溜め息をついた。

「とうとう物乞いを始める日が来ちまったか。《ツォッオク・ウ・クチュル・ウ・キーニル・ウ・ホーオコル・マーアク・ウ・カーアト・マーアタン。》貧乏人はみんなそうなるんだ《ベイ・ウ・ベーリル・トゥラーアカル・オーツィル・マーアク》」

老婆は杖を、まるで人間であるかのように大事に扱った。優しい言葉をかけるかと思うと、きつく叱ったり、罵ったりした。時には、放り投げては、拾い直した。そうやって、いつも自分の近くに置いていた。

「私のだから、《チェーエン・イン・ティアッアル、》どっかに行ったりしない。《ムン・プーウトゥル・テン。》あたしの死んだ旦那は《マ・ベイ・アニマス・イン・ウィーチャメ・》どっかに出かけたら、《ク・ホーオコレ・ク・ティーリ・ティエ、》何日も戻って来やしないし、《ムン・ハアーン・スートフン・ペエル・キーノオベ、》最後は死んじまったけど《キーミイ・トゥベータ》」それが老婆の口癖だった。

老婆は慈悲を意味するカリダーという自分の名前が好きになれなかっ

た。極貧という意味のター・オーツィルという名字はもっと嫌だった。だから、若かった頃は、シュ・カロ、つまり高嶺の花と呼んでもらおうとした。だが、歳をとり、物乞いをするようになってからは、自分の本当の名前を自ら口にすることになった。普段はマヤ語しか話さないのに、手を差し出しながら、スペイン語でこう言うのだ。

「どうか、神様の御慈悲《カリダー》を」

そして、何かを恵んでもらうと、スペイン語とマヤ語を混ぜて礼を言う。

「あなた様《チュニータ》に神様のご加護がありますように」

何もくれない人に対しては、悪態をつく。マヤ語でこう言ってやる。

「ケチ臭いやつだ《シュ・ツゥウト・キース》」

一番気前がいいのは酒場にいる客だった。お昼を過ぎると、ドニャ・カリダーは村の中にある飲み屋を一つまた一つと訪ねて回った。どんなに貧しそうな客でも彼女を憐れみ、決して邪険にせず、お金を恵んでくれる。

「ばあちゃん《チチー》、取っときな」仲間の目を意識する男たちは、家族に食い物を買ってやるお金がほとんど残らないくせに、お金をくれるのだ。

どこかの村で守護聖人の祭りがある時は、ドニャ・カリダーの巡礼が始まる。寄付金集めはバスに乗るところから始まる。運転手は乗車賃を求めなかった。まずバスの奥まで入って行き、そこから乗客に寄付をお願いしながら、運転手のところまで戻ってくるのだ。

村に着くとまず村の庁舎の一角で一休みする。その後、教会に行って聖人にロウソクを供え、ご加護をお願いする。教会の建物から出ると、教会の敷地内でどこか日陰になっている場所を探し、そこに座って物乞いの仕事を始める。施しものを受け取る手を差し出すのだ。座っている場所からはたいてい村の広場が一望できる。行き交う人びとに時折目をやりながら、うつらうつら居眠りをする。だが、サブカンだけはしっかりと抱えている。

午後になると、闘牛場に向かう。そこで、物乞いをしながら、闘牛を見て楽しむ。夜になると、バイレ〔舞踏会〕の中に潜り込む。祭りは堪能しないといけない。「目だけでも踊らせてやらないとね《ケシュ・チェーエン・イン・ウィチ・ク・ヨーオコトナク》」昔を懐かしみながら、老婆はそうつぶやく。

家に戻っても、ドニャ・カリダーは一日だって休もうとしない。「困った時のため《ウティアッアル・レ・キーネ・ケーン・カッアペーエトチャハケ》」にと、息子のプラシドや孫たちに見つからないように、家の柱にお金を隠すと、再び物乞いをしに外出する。

今や八十歳を越したドニャ・カリダーはもう歩けないので、外を歩き廻ることはない。毎朝、孫たちが彼女を家の表に出して、石の上に座らせてやる。老婆は人が通りかかると、手招きをして呼ぶ。やって来ると、その人の両手を摑み、こう言ってやる。

「手を差し伸べれば、《トゥウッシュ・ケン・ア・ヘーツ・ア・カベ、》いいことがたくさんありますよ。《テ・クン・タール・テチ・ヤッアブカチ・ウツィル・バッアル。》左手には《トゥ・ツィーク・ア・カベ》銀、右手には《トゥ・ノッオヒル・ア・カベ》金」

いい話を聞かせてもらった代わりに、人びとは数センターボを彼女に恵んでやる。老人の言うことは、それが祝福であれ呪いであれ、本当のことになるかもしれないではないか。

シュ・コーオクの荷

お前が背負う老婆は
お前の先祖の記憶

耳の聞こえないドニャ・シュ・コーオク《耳が聞こえない女》はゆっくりとした足取りで家に帰る。背中には薪の束二つを背負っている。大きな束の上にもう一つ小さなのを載せている。歳もすでに八十歳にならんとしている。道端で花を咲かせている草木には目もやらず、ひたすら歩く。鳥の歌声や動物たちの鳴き声、風の囁きは一切聞こえないので、地面をしっかりと見ながら歩く。だが、屈んだ体では裸足の足元だけしか見えない。目に入るのはまさに自分が歩んできた人生そのものだ。

ドニャ・シュ・コーオクは毎日、他の老婆たちと一緒に、薪を取りに森に入る。彼女は耳は聞こえないが、なんでも知っていることで有名だ。それゆえ、女たちは皆彼女に一目置き、親切にしてあげる。

ある時、森の中で一人の女が変な音がするのに気がついた。彼女はびっくりしてみんなに声をかけた。

「何か聞こえたんだけど」

ドニャ・シュ・コーオクはそれがどんな音だったか説明してくれるように頼んだ。

「服が破れるときのような音だったわ」彼女は身振り手振りで老婆に説明した。

「ガラガラヘビだ。薪は置いて、逃げるんだ」ドニャ・シュ・コーオクは叫んだ。

老婆たちは曲がった脚を精いっぱい動かして走った。そして、また別の場所で薪取りを始めた。必要な薪が集まったところで、皆は村に戻ることにした。すると、道の途中で雄牛が何頭か草を喰んでいるのに出くわした。

「雄牛が来るわ。雄牛が来るわ」老婆たちは叫んだ。だが、シュ・コーオクには聞こえない。

老婆の一人が耳の聞こえないシュ・コーオクに石を投げた。彼女が顔を上げると、すぐ近くに牛が迫っていた。彼女は薪を放り投げると、どうやったのかは分からないが、大きなセイバの木によじ登った。牛が行ってしまったので、ドニャ・シュ・コーオクは木から降りようとしたが、なんと降り方が分からない。

他の老婆たちは身を隠す場所を探して難を逃れたものの、一番年老いた女だけは間に合わず、牛の角に引っ掛けられた。おかげで、彼女のペチコートは引き裂かれ、レボソのようになった。

　ドニャ・シュ・コーオクは家に戻ると、小さい薪の束を自分用にとっておいて、大きい方を売りに行く。だが、まずは角にある雑貨屋に行って「命の火花」〔一九七〇年にスペイン語圏で使われたコカ・コーラのキャッチフレーズ〕を買う。

「五ペソだ、ばあちゃん《チチー》」店主が右手の指で値段を告げ、左手の親指と人差し指で硬貨の形を作ってみせる。

「待ってくれ」老婆は手を使って応える。「薪を売ったら、払いに来るよ」

新たな道

ソレダー・カフン・ツィブの目の前を老婆たちの霊魂が通り過ぎた。薬師のドニャ・フィデリア、蛇使いのドニャ・レメディオス、産婆のドニャ・コンセプシオン、霊媒師のドニャ・アルマ・サグラリオ、……。五人の子どもと一緒に夫から捨てられたメルセデス、七人の男の兄弟がいたハシンタ、年老いた両親の面倒を見なければならなかった独身女のロサリオもいた。彼女らのことを思い出しながら、ソレダーは一人考えていた。

ソレダーは自分の運命も書き留める時がやってきたことを悟った。だが、もうそのための力は残っていなかった。彼女の人生は他の女たちのものとは少し違う。だが、だからと言って、決して楽なものであったわけではない。彼女はハンモックの方へ歩いて行くと、仰向けに横になった。ハンモックを吊るすロープは天まで伸びる白く広い道のようだ。彼女は心の奥底でつぶやいた。

「私の目は涙さえ枯れたんだ」

雨は止《や》み、すでに雷の音も蛙の鳴き声も聞こえなくなっていた。ハンモックの下に寝そべっていた犬が、動かなくなった主人の体を見つめている。犬は起き上がり、老婆の顔と彼女の目についた目やにをなめた。すると、老婆が見ていた白い道が犬にも見えた。老婆は犬に向かって合図した。

「さあ、行きましょう」

老婆と犬は新しい時間に向かって歩き始めた。

エピローグ

正午頃になって、近所に住む女たちが、固くなっているソレダーと犬を見つけた。ソレダーはハンモックに、犬はその下に横たわっていた。

「明け方に犬が吠えて、霊魂が私たちを迎えに来るのを知らせてたわ」

「今度はドニャ・ソレダーの番だったんだ」

「そうみたいね。犬が吠えるのが聞こえた時、あたしはすぐにサンダルをひっくり返しちゃったわよ。そうすれば、連れて行かれないって言うじゃない」

「あたしだってそうさ。誰も死にたくないからね」

「可哀そうに。彼女は骨と皮だけになっちまってたんだ」

「一人で暮らすなんて、一体何があったんだろうね。結婚もせずに」

「変わった人だったわ」

「そうよね。思い上がった、嫌味な人だった。自分にふさわしい男はいないって思ってたもの」

「まあ！　このペチコート見てごらんなさい」

「血まみれじゃない」

「違う。これ、血じゃなくて、アチオテよ。何か書いてあるんだけど、マヤ語で」

「なんて書いてあるの？」

「さあ。私、マヤ語は話せても、マヤ語の読み書きはできないから」

「焼いてしまいましょう。何かの呪文だと思われたりしたら、神父さんや村の人が墓地に埋葬させてくれなくなる。そしたら、動物みたいに森に捨てられることになるわよ」
スカートを燃やすと、パチパチと燃え上がった炎が次のような歌を描いた。

薬草師《ツアーク・シウ》、ドニャ・フィデリア《シュマ・フィデル》
力んで《ツアーア・ア・ウィーク》、ドニャ・コンセプシオン《ク・ヤアッリク・シュマ・コンセプ》は言っていた
気がふれた《サッアト・ウ・ヨーオル》、シュ・サータ・オーオル
気が動顚した《レーエク・ウ・ヨーオル》、一人者ソレダー《シュ・バッアル・ソル》

やがて、煙はこの歌の中の女たちの姿になり、家の壁の隙間に消えて行った。

訳者あとがき

吉田栄人

本書はイサアク・エサウ・カリージョ・カンの『夜の舞』（*U yóok' otilo'ob áak'ab / Danzas de la noche*, CONACULTA, 2011）とアナ・パトリシア・マルティネス・フチンの『解毒草』（*U yóol xkaambal jaw xiiw / Contrayerba*, SEDECULTA, 2013）の二作品の全訳から構成される。原書はいずれもマヤ語のテキストに、本人によるスペイン語訳が付されたバイリンガル本だ。

イサアク・エサウ・カリージョ・カン（Isaac Esau Carrillo Can, 一九八三年〜二〇一七年没）の『夜の舞』は、メキシコ芸術文化審議会（ＣＯＮＡＣＵＬＴＡ）が一九九三年に創始したネサワルコヨトル文学賞の二〇一〇年度の受賞作である。ちなみにユカタン・マヤ語でこの賞を受賞した作品には『夜の舞』以外に、ウィルデルナイン・ビジェガス・カリージョの詩集『民族の歌』（二〇〇八年度）とソル・ケー・モオの小説『女であるだけで』（二〇一四年度）がある。

一方、アナ・パトリシア・マルティネス・フチン（Ana Patricia Martínez Huchim, 一九六四年〜二〇一八年没）の『解毒草』は特別な賞を受賞した作品ではない。彼女は二〇〇五年に『山の中の記憶』（*U k'a'ajsajil u ts'u' noj k'áax / Recuerdos del corazón de la montaña*）でエネディーノ・ヒメネス先住民文学賞を受賞しているが、この作品は三篇の詩と九篇の非常に短い説話が収められたものでテーマに統一性がなく、日本の読者にはむしろ、ストーリーとテーマに統一性のある『解毒草』の方が理解しやすいのではないかと考え、まだ評価の定まっていない『解毒草』の方を敢えて選択した。

この二人の作品をシリーズ「新しいマヤの文学」に加えるにあたって、一冊に纏めてしまったのは、いずれも頁数が少ないことに加えて、二作品とも女性が主人公になっており、先住民文学における女性表象を考える上で好都合だと考えたからだ。だが、二人が奇しくも相次いで病に倒れ、志半ばにして帰らぬ人となってしまったことも、当初予定していた『夜の舞』に急遽パトリシア・マルティネスの作品を加えることになったもう一つの理由である。

カリージョ・カンは小説家というよりは詩人であり、アーティストだった。ユカタン州教育省の教材作成の部署に勤めていた彼は、自分が書いた文章が教科書に採用されたことをきっかけとして、先住民劇作家フェリシアーノ・サンチェス・チャンが講師を務めるユカタン州芸術センターの文芸創作コースに通い始める。そこで文学的才能を見いだされ、様々なイベントで自らが書いたマヤ語の詩を朗読するようになる。彼の柔らかな物腰と甘い口調の語りは多くの女性を魅了していた。先住民女性たちにとってのアイドルとまではいかないまでも、マヤ語に関連するイベントには絶対に欠かせないアーティストだった。演劇のグループを主催し、自ら演技をすることもあった。『夜の舞』の主人公が舞踏のリーダーを父に持つこと、またその語り口や内容がリリカルであることは、彼の人柄やこうしたバックグラウンドと無関係ではないだろう。

だが、彼自身女性に優しく、また彼の書く文章の内容は柔和で中立的なものに見えるかもしれないが、彼が描く女性像はやはり男性のものであり、父権的な価値観に根ざしたものである。『夜の舞』は不幸な出自の少女が、苦難を乗り越えて、最後は幸せな生活を送れるようになるというハッピーエンドの物語だ。幸せな生活を送れるということは既存の社会制度において何の軋轢も生まず、その中にうまく収まることを意味する。つまり、この物語では先住民社会に存在するジェンダー間の問題は発現しない。むしろ、ジェンダー関係を隠した形でマヤ文化を描き、その中で女も幸せになれるのだと説く物語である。さらに言えば、先住民社会が抱える貧困の問題もほとんど見えてこない。フロールが幸せになれるのは、ひとえに彼女が舞踏家グループの頭目すなわち経済的に恵まれた家の娘だからである。『夜の舞』は先住民社会の現状を受け入れる女性の物語であり、父権制的な社会文化を正当化するための男性の語りだ。父権制的な先住民文化の伝統による女性の抑圧的状況に目覚めている女性の先住民作家であれば、決して描かないような物語なのである。

そうしたマヤ文学におけるジェンダーの観点から『夜の舞』を読むことも不

可能ではないが、一方でそれでは同作品が持つ文学的価値（それが男性的な価値観に基づいたものであったとしても）を見失うことになるだろう。カリージョ・カンはマヤ文化を文学的に表現する際に、過去との繋がりを拠り所としていた。マヤ人文化人類学者のロドリーゴ・ジャネス・サラサールは『ユカタン日報』（二〇一七年十一月二十七日付）に掲載された彼への追悼文において、『夜の舞』は「昼間の世界から夢の世界への移動であり、現在から過去への旅である。その旅を通して先スペイン期の古い舞踊や演劇が演じられる。イサアクは〝古いもの〟に取り憑かれていたのだ」と記している。『夜の舞』における少女の旅はカリージョ・カン自身がマヤ文化を探す旅でもあったのだ。だがそこには、ホルヘ・ミゲル・ココム・ペッチの『言葉の守り人』がそうであったのと同じように、マヤという民族だけに限定されない人間のあり方が夜として表象される先祖からの教えとして描かれていく。

カリージョ・カンとは対照的に、マルティネス・フチンは貧困の中で暮らす現代の女性たちの姿を描いている。アメリカ人社会学者ダイアナ・パースの言葉を借りれば、先住民社会では「貧困は女性化する」ため、貧困を語ることはジェンダー問題を語ることと同義である。だが、ジェンダー問題を前面に押し出してしまうと、自らの生活そのものを男性との対立に晒すことになりかねないので、ほとんどの先住民女性作家は、その点においては抑制的である。マルティネス・フチンの描く女性の多くが老婆や社会的地位の低い女たちであるのも、そうした女たちが抑圧的な生活を変えることにもはや執念を燃やすことができないからなのだろう。若い普通の女性が抑圧されている状況を描いてしまえば、ジェンダー問題に触れざるを得なくなってしまう。その危険を回避するためには、老婆や娼婦、正気を失った女などを描かざるを得ないのだ。いずれにせよ、マルティネス・フチンが描く女たちは父権制的な先住民社会の周縁部に暮らす人たちだ。先住民文学は先住民の社会や文化を調和的なものと描こうとしがちだ。そうした描写は男性的な論理と勝者のストーリーを裏書きするものであって、抑圧された生活を強いられる人々の姿は捨象されてしまう。少なくともユカタンの先住民文学において、そうした先住民社会の暗部にメスを入れるのは女性作家たちだけである。マルティネス・フチンはマヤ社会の伝統に疑問符を付けようとした最初の先住民女性作家であった。

彼女はユカタン大学が主催する二〇〇五年の文学コンクールに応募した「無駄だ」(*Chen konel / Es por demás*) という作品でアルフレド・バレラ・バスケス賞を受賞する。これが、先住民社会の伝統の持つ負の側面を告発した彼女の最初の作品である。この作品は、親の助言を無視して駆け落ちした女が惨めな生活を送ることになる顚末を描いている。マヤの女性が何かの夢を抱いてもなかなか思い通りにはならない現実を描いたものだが、夢が実現しない大きな原因は一緒になった男の無理解と横暴である。甘い言葉をかけて連れ出しても、連れ出した女をいたわり大事にするわけではない。男は稼いだ金を酒や他の女に使ってしまい、妻には渡さないため、妻となった女が生活費を稼がねばならない。この物語は、駆け落ちした女の悲哀を描くことで、マヤ社会はこうしたマチスモによるジェンダー関係がまかり通る社会であることを揶揄したものなのだ。ただ、その告発の先に彼女がどんな可能性を考えていたのかは最後まで示されることはなかった。エレイン・ショウォールターの女性文学発展段階論で言えば、マルティネス・フチンは「不当に扱われてきた女性の苦難を劇化」したフェミニスト段階の作家だったと言えよう。だが、彼女は『解毒草』の語り手ソレダーのように、すでに「新しい時間に向かって歩き始め」てしまった。ただ、彼女はこの世の苦難が何であるかを私たちに書き残して逝った。その苦難は次のフィーメイル段階の女性作家たち、あるいは読者である私たちが考えるべきテーマとして残されたのだ。

『夜の舞』と『解毒草』は他のいくつかの点においても対照的な作品である。先住民文学は西洋の文学的伝統と対比的に考えられがちだが、その際、先住民文学は口承性に根差した文学であるとしばしば説明される。その論理の是非は別として、これら二つの作品が持つ口承性は違うものだ。『夜の舞』はテキストの持つ口承性すなわち詩的な内容と文章が評価され、ネサワルコヨトル賞を受賞している。『夜の舞』のテキストはカリージョ・カンのアーティスト詩人としての語りを文字化したものだと言ってもいいだろう。実際、メキシコ人先住民文学研究者のルス・マリア・レペ・リラは同書に寄せた序文でこう書いている。「イサアク・エサウ・カリージョ・カンは自らの言葉を踊らせることで、ある声を生み出す。その声が文字となることで、複雑で境界的な思想が生み出されるのだ」。それに対して、『解毒草』はマルティネス・フチンが他の人たちから聞いた女性たちに関する様々な話を文学的に洗練された文体で書き直したものであり、この作品における口承性はそれぞれの物語がマヤの人たちの間で語られてきたものであるという点にある。『夜の舞』のようにテキストが特に美しい詩的なリズムを持っているとかそういうわけではない。先住民文学に対する文学批評では、作家個人の語りは共同体の語りに依拠したものとみなされ、両者が明確に区別されることはあまりない。もちろん、『夜の舞』にも共同体の語りをベースにした部分もあるし、『解毒草』にだって作家個人の詩的な創作がないわけではない。だが、『夜の舞』と『解毒草』の持つ口承性を同じ次元で論じることには、先住民文学を西洋の文学とは違うものとみなそうとするオリエンタリズム的欲望と全ての先住民文学を先住民という単一の文化的アイデンティティティに還元してしまおうとする本質主義が見え隠れする。

また、口承性にはしばしば記憶の貯蔵庫としての役割を期待する読みが行われる。そこに期待される記憶とは民族などの社会が共有しているもの、あるいは共有すべきものである。すなわち、文化の起源や歴史的な出来事、あるいはそこに登場する英雄譚などが語られるのであり、名もなき、つまり歴史に残らない個人は記憶の対象とならない。『夜の舞』はフロールという少女が舞踏家グループのリーダーへと成長していく物語であり、その過程で語られる内容はマヤの人々、あるいは読者が学ぶべき教訓である。『夜の舞』は実はフロールという少女個人についての語りではなく、社会が記憶すべき事柄についての語りなのである。一方、『解毒草』では通常は記憶するに値しない人々の個人的な生き様が綴られている。マヤの人々にとっては、日常的に目にしている光景であり、できることなら忘れてしまいたい事柄なのかもしれない。男性作家たちの多くはこうした現実を切り捨て、美化されたマヤ文化を描こうとしてきた。カリージョ・カンが『夜の舞』で描く村や町のどこかには『解毒草』の登場人物と同じような生活をしている人たちが実は存在するのだ。マルティネス・フチンの貢献は文学を通じて、そうした名もなき女性たちを歴史の表舞台に引き上げたことにあると言っていいだろう。

『解毒草』では用無しになればすぐに忘れられてしまうような八人の女性たちの宿命が語られる。薬師のフィデリア・シウ、霊媒師のアルマ・サグラリオ・ピシャン・オル、産婆のコンセプシオン・ヤー・シヒル、蛇に詳しい治療師レメディオス・ツァブ・カン、娼婦のビルヒニア、〃彷徨〃こと気がおかしくなった女シュ・サータ・オーオル、耳の聞こえないシュ・コーオク、乞食をする老婆カリダー・ター・オツィル。彼女らの名前は実は彼女らが背負うべき職業もしくは運命を表している。シウは草を意味するマヤ語であり、彼女が薬草の扱いに長けた人物であることを意味している。つまり、フィデリア・シウとは「薬師ことフィデリア」なのだ。死者の霊を呼び寄せる霊媒師アルマ・サグラリオ・ピシャン・オルのアルマ、ピシャンはそれぞれ「霊魂」を意味する。産婆コンセプシオン・ヤー・シヒルのコンセプシオンはスペイン語で「受胎」、シヒルはマヤ語で「出産」。治療師のレメディオスという名前はスペイン語で「治療」であるし、ツァブ・カンとはマヤ語でガラガラヘビのことである。処女娘と呼ばれた娼婦の名前ビルヒニア（Virginia）はまさに「処女」（virgen）という言葉と結びつく。乞食をする老婆の名前カリダーはスペイン語で「慈悲」を意味するが、この単語は物乞いをする際に発せられる言葉、つまり「お恵みを」だ。したがって、彼女らの名前は記憶すべき特定の個人名なのではなく、一つの社会的ポジションないしは役割を担った匿名の人物であることを意味している。男に捨てられて気が変になり、村の中を歩き回るようになった女が物語の中では〝彷徨〟というあだ名でしか言及されないのはそのためでもある。マヤ語のテキストでは〝彷徨〟はシュ・サータ・オーオルで言及されるのだが、シュ・サータ・オーオルはそもそも「理性を失った女」という意味であり、村人から付けられたあだ名であると考えるのが妥当である。実際、彼女が大事にしている聖人が焼けずに済んだ時、村人に「これでも私は気がふれた女だと言うの？」と叫ぶ時のマヤ語はまさに「これでも私はシュ・サータ・オーオルだと言うの？」である。

また、薪を売ることで生計を立てている聾の老婆は、翻訳の都合上、名前をシュ・コーオクにしてしまったが、コーオクとはマヤ語で「聾」そのものだ。マヤ語のテキストではシュ・コーオク、スペイン語のテキストではドニャ〝シュ・コーオク〟と記されており、本来であれば「耳の遠い婆さん」とでも訳すべきものだ。つまり、シュ・コーオクとは彼女のあだ名だ。〝彷徨〟の話の中では、石垣に隠れて女の様子を窺っていたメルセデスが、午後になると子どもたちに薬草の話をしてくれるベニグナというおばあさんの名前に言及している。もしかしたら、このおばあさんは蛇に詳しいレメディオスの本当の名前なのかも知れない。だとすれば、レメディオスという名でさえ、実は物語の主人公の属性を表す記号でしかない。『解毒草』が描くのは本当の名前が必要とされない、代替可能な、名もなき女たちの寓話の世界なのだ。その代替可能性は、『解毒草』で語られる女たちが、その名前に由来する、つまり運命的な職業を持っていることによる。

しかし、『解毒草』の物語は寓話であると同時に、ありうる一つの現実でもある。主人公の女たちの持つ知識や技能は社会あるいは周りの人々の実際の生活に貢献するものだ。だが、その多くは人間の不安や射倖心に付け込んだものでもある。もちろん、祈禱師や霊媒師などの伝統医療は必ずしも人の弱みに付け込んだ悪徳商法であるわけではない。また、それは先住民社会だけに存在するものでもない。伝統医療は人間の心理作用を利用したれっきとした医術であり、中には薬草などの成分の身体への作用を考慮した医学的なものもある。そうした「伝統」医療は人間社会には洋の東西を問わずどこにでもある。いずれにせよ、伝統治療師が提供するサービスはその知識や技能が有効であるときにのみ利用され、対価が支払われる。しかし、役に立たないと判断されれば、容赦なく軽蔑の対象となる。男の欲望を満たす娼婦や白昼人目も憚らず水浴びをする気の触れた女も同じだ。さらには、物乞いを生活の手段とする老婆カリダーでさえ、人びとが慈悲という宗教倫理を実践する上での対象である限りにおいて、その職業が成り立つ。マルティネス・フチンはそういった女性たちの悲哀を描いているわけだが、当の女性たちは自らが抱え込んだ職業を宿命とみなし、それを楽しんでいるかのようにも見える。失うものはもはや何もないと言えるほどの困窮がなせる業なのかもしれない。「持てる者」には到底理解できない貧困の境地がそこにはある。西洋によって征服され植民地支配を受けてきた先住民はまさしく「持たざる者」たちだった。だからこそ、名もなき女たちのこうした自虐的な話が彼らの間では人を楽しませる諧謔として語り続けられるのだと言えよう。寓話と現実が交錯する所以だ。マルティネス・フチンはそうした弱者の語りを『解毒草』に記録した。しかし、それはほんの一部でしかない。語り手のソレダーが言っているように、他にも「五人の子どもと一緒に夫から捨てられたメルセデス、七人の男の兄弟がいたハシンタ、年老いた両親の面倒を見なければならなかった独身女のロサリオ」など、名もなき女たちは他にも山程いる。ソレダーのこの言葉は、そうした名もなき女性は、メキシコの先住民社会だけでなく、我々読者のそばにもいることをも教えているのだろう。『解毒草』にはそもそも男性はほとんど登場しないのだが、出てきても名前はほとんど明かされない。必要ないからだ。それは裏を返せば、個人名が使われる時には、その名前には物語上何らかの意味役割が与えられているということでもある。「いかれた女」に出てくるビルヒニアの父と兄の名はそれぞれ「公正」を意味するフスト、「天使」を意味するアンヘルだ。だが、彼らはビルヒニアが子どもの頃からずっと彼女と性的関係を持っていたという点において、彼らの名前の意味するところを裏切っている。名前の意味とその名前を持つ者の実践との乖離はインセストを犯す男たちを腐す皮肉であることは明らかだ。だが、メキシコの先住民社会ではそうしたインセストが決してマイナーな出来事ではないだけに、それは一つの社会批判ともなりうる。

本全体のタイトルが『解毒草』であるのも興味が惹かれる点だ。解毒草は「レメディオス・ツァブ・カンのペット」の中に出てくるシュ・カンバル・ハウという薬草の名称だ。蛇の毒を中和する作用を持つ。だが、レメディオスは、それは「単なる薬草じゃない。どんな毒にだって効くのよ。私たちの体を守ってくれるバリア。私たちの力の源だし、あなたたちの知識の保管庫でもあるの」と言う。解毒草の薬としての効能だけに興味のある女の子は、自分が大きくなったらワクチンを開発して、それにシュ・カンバル・ハウ＝解毒草と同じ名前を付けると言う。すると、レメディオスはもっと哲学的な説明をする。「だけど、あなたは自分の道を歩んで新しい知識を身に着けなきゃいけない。今の私たちの知識を持ち続けるか否かはあなた次第。あなたはいろんな生き物の毒を試すことになるでしょう。私たち自身のも他人のも。それを乗り越えられたら、新しい道を歩くための抵抗力が付くの」結局、レメディオスの言う毒とは社会的な悪を表すメタファーだ。それを乗り越えた時、人間には抵抗力が付くのだ、と彼女は女の子を諭す。すなわち、解毒草とは、社会的な毒に対する治療薬のメタファーでもある。『解毒草』の各物語はどんな毒を語っているのか、またその毒に対してマヤの人びとはどんな治療薬を使っているのかという観点から読み直すと、また違った世界が開けてくるのではないだろうか。ちなみにカリージョ・カンの『夜の舞』は治療薬というよりは、精神安定剤もしくは栄養剤のようなサプリメントに近いのかも知れない。

最後に本書で使われているオノマトペ（擬音語・擬態語）について少しだけ説

明しておきたい。聞いたこともないオノマトペがいくつもあることに驚かれた読者は多いだろう。それを、理解を妨げる不快な雑音とみなすか、マヤ世界を体験する有効なメロディーと捉えるかは人それぞれだろう。実は訳者自身も、翻訳を終えた今でも、その両者の間で揺れ動いている。副詞的なものに関しては、日本語に対応するものがある場合は原則的にはそれを用いているのだが、動物の鳴き声など具体的な音を表すものに関してはマヤ語のオノマトペをカタカナ表記している。どんな音なのかは文脈で想像できるはずであるが、主要なものをリストアップしておこう。

ウィッチ（wich'）：何かを叩く音。日本語ではビシッ、バシッ。

ウー（uj）、フーン（jum）：寝息。日本語ではスー、スー。

ウオー（woj）：蛙の鳴き声。

クネー（k'unej）：赤ん坊の鳴き声。日本語ではオギャー。

コップ（k'op）：ノックする音。日本語ではコン、コン。

チュルン（churum）：雨が降る音。

テーンテレス（t'eent'eres）：雄鶏の鳴き声。日本語ではコケコッコー。

トー（t'oj）：フクロウの鳴き声。

ハウ（jau）、ハウウ（jauu）：犬の鳴き声。日本語ではワン、ワーン。

ヒリッチ（jiri'ich）：何かを擦る音。

フフフフフフ（jujujujuju）：フクロウの鳴き声。

ムシュ（muush）：何かを食べる時の音。日本語のムシャ。

ルー（rrr）：いびきをかく音。日本語のガー。

レク（leek）：蛙の鳴き声。

著者のお二人はすでに故人であるため、著作権を取得するにあたっては、多くの方の協力を仰ぐことになった。特に、仲介の労を快く引き受けて下さったキンタナ・ロー州立マヤ・インターカルチュラル大学教員のアンヘル・ウカン・ツル氏には心より感謝申し上げたい。また、校正段階で訳文の細かいところまで丹念に目を通して下さった国書刊行会編集部の伊藤昂大さんにも、改めてお礼を申し上げる。なお、本書はメキシコ政府の翻訳出版助成プログラムＰＲＯＴＲＡＤより資金的支援を受けることで出版が可能となったことも記しておきたい。

イサアク・エサウ・カリージョ・カン　Isaac Esau Carrillo Can
作家、詩人。1983 年、メキシコ合衆国ユカタン州ペト市に生まれる。ユカタン州師範学校で芸術教育、ユカタン州の芸術院でマヤ語による文学創作を学ぶ。『夜の舞』でネサワルコヨトル賞（2010 年度）を受賞した他、ワルデマル・ノー・ツェク・マヤ文学賞（2007 年度）、ユカタン大学文学コンクール・アルフレド・バレラ・バスケス賞（2008 年度）などの文学賞を受賞。詩の朗読や、演劇で演技や演奏も行う。2017 年に急逝。

アナ・パトリシア・マルティネス・フチン　Ana Patricia Martínez Huchim
作家、マヤ文学研究者。1964 年、メキシコ合衆国ユカタン州ティシミン市に生まれる。ユカタン州立大学人類学部でマヤ語・マヤ文学を学び、マヤの口承文学に関する調査・研究・教育に従事。ユカタン州立東部大学（UNO）などで教鞭をとる。主な著作に『山の中の思い出』（2005 年度エネディーノ・ヒメネス先住民文学賞、2013 年刊）、「無駄だ」（2006 年度ユカタン大学文学コンクール・アルフレド・バレラ・バスケス賞）、『ポケット版マヤ語辞書』（2005 年）などがある。2018 年に急逝。

吉田栄人　ヨシダ シゲト
東北大学大学院国際文化研究科准教授。1960 年、熊本県天草に生まれる。専攻はラテンアメリカ民族学、とりわけユカタン・マヤ社会の祭礼や儀礼、伝統医療、言語、文学などに関する研究。主な著書に『メキシコを知るための 60 章』（明石書店、2005 年）、訳書にソル・ケー・モオ『穢れなき太陽』（水声社、2018 年。2019 年度日本翻訳家協会翻訳特別賞）。

CULTURA
SECRETARÍA DE CULTURA
FONCA

Esta publicación se realizó con el apoyo de la Secretaría de Cultura del Gobierno Mexicano a través del Fondo Nacional para la Cultura y las Artes con el estímulo del Programa de Apoyo a la Traducción（PROTRAD）2018.
本書はメキシコ政府文化省による 2018 年度 CONACULTA 翻訳助成プログラム（PROTRAD）の助成を受けたものである。

夜《よる》の舞《まい》・解毒草《げどくそう》

イサアク・エサウ・カリージョ・カン／
アナ・パトリシア・マルティネス・フチン　著
吉田栄人　訳

2020 年 8 月 20 日　初版第 1 刷　発行
ISBN　978-4-336-06567-4

発行者　佐藤今朝夫
発行所　株式会社国書刊行会
〒 174-0056　東京都板橋区志村 1-13-15
TEL　03-5970-7421
FAX　03-5970-7427
HP　https://www.kokusho.co.jp
Mail　info@kokusho.co.jp

印刷　三報社印刷株式会社
製本　株式会社ブックアート
装幀　クラフト・エヴィング商會（吉田浩美・吉田篤弘）

21世紀の新しいラテンアメリカ文学シリーズ

新しいマヤの文学

全3冊

吉田栄人＝編訳

メキシコのユカタン・マヤの地で生まれた、マヤ語で書かれた現代文学。これまでほとんど紹介のなかった、代表的なマヤ文学の書き手たちによる作品を厳選し、《世界文学》志向の現代小説、マヤの呪術的世界観を反映したファンタジー、マジックリアリズム的な味わいの幻想小説集を、日本の読者に向けて初めて紹介する新しいラテンアメリカ文学シリーズが、ついに刊行開始！

女であるだけで

ソル・ケー・モオ

メキシコのある静かな村で起きた衝撃的な夫殺し事件。その背後に浮かび上がってきたのは、おそろしく理不尽で困難な事実の数々だった……先住民女性の夫殺しと恩赦を法廷劇的に描いた、《世界文学》志向の新しい現代ラテンアメリカ文学×フェミニズム小説。 ISBN：978-4-336-06565-0

言葉の守り人

ホルヘ・ミゲル・ココム・ペッチ／装画：エンリケ・トラルバ

「ぼく」は《言葉の守り人》になるために、おじいさんとともに夜の森の奥へ修行に出かける。不思議な鳥たちとの邂逅、風の精霊の召喚儀式、蛇神の夢と幻影の試練……呪術的世界で少年が受ける通過儀礼と成長を描く、珠玉のラテンアメリカ・ファンタジー。 ISBN：978-4-336-06566-7

夜の舞・解毒草

イサアク・エサウ・カリージョ・カン／アナ・パトリシア・マルティネス・フチン

薄幸な少女フロールが、不思議な女《小夜》とともに父探しの旅に出る夢幻的作品「夜の舞」と、死んだ女たちの霊魂が語る苦難に満ちた宿命と生活をペーソスとともに寓意的に描く「解毒草」の中編2作品を収録した、マジックリアリズム的マヤ幻想小説集。 ISBN：978-4-336-06567-4

各巻定価：2400円＋税

四六変型判（178 mm × 128 mm）・上製

装幀＝クラフト・エヴィング商會（吉田浩美・吉田篤弘）